晨曦的诗原

辛梧 ● 著

長江出版傳媒
长江文艺出版社

目　录

蒲公英的誓言

将嘴贴向马匹
油亮的咖啡色鬃发
唇颌机械地重复着一个咀嚼的动作
挣扎出眼眶的神情
急切地探索
一种爱情
由冬转夏它自我证明

彩虹旋转着缤纷雨点
未知因果的花豹
向高砌的石墙冲撞黑色符号
神谕接踵显迹——
驼鹿的尸骨曝晒于
寒凛的风中
惊惶
刺破了冷峻的苍郁

雪的疆界
玻璃雕塑陈列于大道两旁
钴蓝闪现着荫绿
树莓滚落下

桦木打磨的卡萨木杯里

炭屑随炉火飞跃夜空——
静谧的
璀璨的
露娜在微笑
一棵树伸展怀抱拥抱了自己
脚下
幽亮的天幕泛起波痕
褶皱的
那是鱼在海浪间追逐落花与冬雨

冰雹锤打
一朵蒲公英的誓言在春季
无谓的欢喜
与翘首的顾盼拾掇在香炉中
袅绕盘旋一首缠绵的俳句

几何拥抱着星辰舞蹈
青衣蹚过了梦川
灰飞烟散后
沉静的心
徐徐路过时间的札记

普赛克与爱洛斯

普赛克望向恋人酣睡的模样
充满好奇的蜻蜓翅膀
在烛光下扑闪
她蹑手摘去覆盖住他脸颊的绸缎
凑近端详
月色缭绕着他的容颜
姣好的面庞
如蕊枝于雨中绽放

甜蜜的芳香让她忘却了约定的禁忌
赞叹声中
惊醒的爱洛斯转身
回望背离承诺的爱人
愤怒地
抚去脸侧的蜡滴
夺门而去

普赛克茫然错愕地
望着恋人愤懑的背影消失于夜色中
置身的宫殿褪却了
星穹化为华盖

沉默的草地滚动着叹息的露水：
爱情
真是个无限不循环的命题
层进的探索带来的却是
更多的惶惑

她懊恼地
捧起帕尔塞福涅赠予的药水宝瓶
鎏金的蓝色玻璃瓶里
盛满了走向冥界的魔法
她揭开瓶口
任亘古的睡意席卷她天真的双眼
月光覆裹湖面
湖水倒映着她逐渐冷却的
洁白的躯体

垂怜的狮子守护在她的身旁
幼兔端坐于百花丛中哭泣
圣洁的鸽子带去了普赛克死亡的讯息
爱洛斯飞奔而来
悲恸地捧起恋人垂落的头颅
歉疚的泪水
滴落在普赛克
流云般的发丝里
如闪耀的珍珠
他怀抱着她孱弱的身躯坐等黎明

当第一缕澄明的光线从东方升起
温暖重新抚照她冰冷的面容
他充满歉疚与深情地拥吻她绛紫色的柔唇
轻轻地
用爱的炽热将她呼唤起身

F 小调奏鸣曲

奔腾的岩画阐释着
铭文审慎的意义
恢宏的庙宇耸立于
困厄的山巅的崎岖
农人披荆斩棘
驶入乌云缭绕的荒原
被幽森的夜
吞噬了一代又一代的时间
然而坚毅的心智却
从未消息
在被征服的田野上空
采集贡品的祥云流溢着
斑斓祥和的福彩

用锻造英雄流芳百世的铜剑
锤炼
扬名千载的笔尖
文人愤然在纸卷上狂草
书写反抗人类命运
有限的区间
于是昨日的轮廓

逐渐显现清晰
行进的岁月
变得激昂壮阔

思想者
用头颅的血泊
层染了暴君的空堂
台阶上的歌者慷慨地
唱响生命最后一曲
沉郁的篇章：
牺牲的牛马
在祭坛上嘶喊
勇士的代名，
他们有的
被称为自由，
有的被冠以公平——
那是紫罗兰色的双眼
由碧潭里祷望
玫瑰色
将黎明开场

一汪深潭的倒影
将幽密的森林向北迫近
银色的骏马
穿梭于风中黑色山岳的
险峻

骇人的犄角独眼巨人于雨中嘶鸣
被日蚀灼伤的双手
獠牙般地
扑向月湾酣眠的花鹿
猩红的菩提摩挲在山影里
一声嘶鸣——
时光揭开了面纱的容颜
史前的岩画走出了
理想梦的化石
叹息着
人类之子啊
为何要将残暴与悲怆抖洒
于黄昏扼腕

阿多尼斯的悲剧

忧伤滑落清晨芦苇
晓风轻拂我的双肩
我侧耳倾听
水中仙女手捧静谧蓝睡莲
在清池碧波间缓缓吟诵

孤独花园里枯萎的没药
用悲戚撕裂出俊美少年
轮转的命运之箭
毫无躲闪地射向你我人间
这弄人的造化
汲汲的冤报：
即使你执意逃窜
我也定要追随至岁月荒老

露水朝风湿润了女神海浪般的乌发
爱琴海的宫殿
谢了明灯
寂灭了琉华
你在树干与樱草中躲闪
维纳斯卷起衣袖

如狩猎之神奔驰于山川
罂粟与月桂铺就的幽径小路
在密林深处分出细密脉爪
君往何处

君往何处
你的明媚曾吹散了晨曦的雨雾
如今却因一道吻的温情而皱眉踟蹰
塞浦路斯的蔚蓝腾起百花馥郁的泡沫
弗洛拉用星空织锦迎拂妩媚娇柔的圣洁
备受世人追随的女神在绿荫下轻叹
隔岸红尘
人面桃花
为何独不见你开怀的眸子
轻盈丰润的颊
为何徒劳
让青葱随水而逝
探戈在荏苒的年华
快吐露真心吧
我年轻的爱人
狄安娜即将手持弩弓驾驰驯鹿
纵横在银色的天幕

阿多尼斯
天真又灿烂的少年
风发意气

斗志昂扬
切勿在命运的漩涡中走失散场
看那蛮狮狂怒着在旷野角斗撕咬
野猪龇着长牙对着长空愤懑号叫
撇过脸去吧
将眼瞳深埋
这令人发指的血腥场面
夜幕之下
赫尔墨斯轻蹬战靴
武尔坎消磨利剑在祭祀现场
爱情的金苹果滚落
熟赫与锡蓝斑杂的骇人锈色
美丽的女神伏在天鹅旁啜泣
泪珠烫印为赤裸的血痕
那一串猩红出落成
朵朵春风荡漾的
不安的花

水中仙女手捧垂首睡莲
在晚风眠月间浅浅哼鸣：
爱
太短浅了
像风中飘舞的桃金娘
拗不过雨夜窗前的
滴漏时光
也许你爱我

也许你不
也许你爱我
也许你不

爱的刀锋

摩羯座攀爬月亮的翅膀
寒冷的光晕使企图逃避的人
加剧了迷狂
一丝蓝影
的光掠过了枯槁的脸
爱的刀锋
划向
温柔的心脏

月蚀显现断裂轮廓的脚掌
白炽的心在烧灼
好似
殉道者殷切的舔舐
苟延残喘的
无妄一刻
大海汹涌地怒吼
放开我
你这
吸食蓝色血液的泡沫！
一只鲑鱼藏匿在我的腹腔
如你能庄严地跃出

便是众人膜拜的先知
而不是
石化的虚情楷模

巫女双手缠绕着廉价的
银丝线
金葵花姣好的果实被投入
滚烫的汤锅
男人与女人流着眼泪
梦想天国
永生的天国！
夸父追不落的太阳
河滨仙子
向花腹筑造的岩穴遁藏
失去理智的人
即将奔赴
瑶台治疗懦弱的
感伤

尺牍上一对托腮下棋的童子
试图躲避
这荒诞的人间闹剧
牵手微步
腾入云杉间禅坐

隆隆的火车

开往西伯利亚
追寻你
留下的山茶花的芳香
也许我再也见不到
明日的太阳
天空仅剩摩羯座的星辰
矛盾地于荒蛮闪耀着——
吻我
重温这离别的
最后一刻
将刀尖
刺入我狂乱的心跳
自由的虚谷让人
永生孤独

跋　语

我是青草也是绿野
我是春雨
也是流沙
夜深人寂的夜晚
我在颅海的梦境里穿游
垂暮之年的老者
一腔热血的青年
热吻的伴侣
与悲怆的情人
我将他们的声容
一一刻画
有时我在他们的断章中神往
有时
他们在我的背影里浮现
纵使有离别的时候
诗作皆不以序跋为起止
情生缘灭如昼夜轮转
放逐常常是
为了更美丽的遇见
握笔疾书
弃案抬头不觉夏之将至

宁寂的蓝色夜空

诗人的心跳共振在宇宙长河的梭织里

虔诚地探索

并隐去

白鹭城堡

蘅芜之洲
疏雨斜阳
剃度少年一袭白衣凌波迤逦

风柳云絮
水袖婀娜
一串串玉碧珠帘开阖舞弄
素衣苎褂的粉黛少女
伫立于青石拱桥之上
露珠盈盈的面颊
螭龙游走于丝伞的一片蓝瓦
木柄上的樱花绳放任风的嬉戏
向湖心飘游
降落在凝神的少年之手

梦的潮汐召唤暗涌的星火
惊蛰的雨点
炙热袭人又沁凉
琴弦在风片中呼吸
褐色的眸子与谜一般的双眼
交汇于无言的语素

云的绵延
与空无
让南燕摘下她的障业
让鲤鱼开解他虔诵的枷锁
五百年的修渡澄明了她的姣容
濯浣她乌发的丰盈

一丝青烟纵逝在朦胧的水雾
他的双目淌下热泪
涤盥烟波间的赤足
那泪水并非情起一桩悲剧的发端
而是百年时光中
垂挂着虔敬与清苦的铃铎
回荡至此的博大的震颤
少年僧人追随转身逃遁的少女
游走竹林篁海

他的双手
峭劲温厚
试图熨抚她欲言又止的
忧惧的翘盼
银亮的皎月抚照雨叶间漂浮的尘埃
绿幽的熹微中
灼灼桃花翩舞情愫
两只清澈的灵魂拥吻痴缠
青灯喑哑

经文与轮回蜕落在红尘中腐化
蝴蝶从她的掌纹中逃窜
潜流
安眠于风与重山的峻影
白鹭城堡的上空
一对飞鹰在暖流里回旋遍遍
神爱世人
既无怜悯也无责难

斑马福音录

烈阳敞开了怀抱
宣誓公允：
匍匐的鳄鱼与静候的水蛇
埋伏在焦灼的河水下
红色斑点的腹尾
如跃跃欲试的皮鞭抽打
水泽屏蔽了光的宣教
这里无须温柔贤雅——
暴烈统治的幽暗泥泞
猎手窥视着猎物
步步靠近
陆地掀起尘土
如无形的信笺送往
沙地高处

狮王栖息在沙棘树的阴影里
他悠闲地将漠然的双眼
转向绵延无垠的沙丘
枝丫上沧桑的秃鹫伏着蹉跎的灰翼
肃穆注视着河床上的一动一举——
飞鹳的哀鸣如利刃刺破喉颈的光滑

猩红河水扭捲地撕裂着
如一朵厚重的
坠落的花
温柔的斑马倒下
纯净的眸子里瞳孔无力地胀大

弥留光阴
油亮的睫毛震颤地扑闪
他看到远方袅绕的沙烟——
威严的面包树主持着秩序与安宁
丰郁的绿洲
羚羊与他的家人怡然地分享着
湖水清冽的福泽
他看到爸爸欣喜地踏着前腿
与长辈夸耀他新生的毛发
春天来临的时候
他邂逅了另一匹斑马
他们在浓绿的草原里依偎磨蹭
黄昏的大地一片热烈的焰红
他仿佛看到襁褓中的子女嗷嗷待哺
成年的子女如君王般挺傲
他欣慰地端详着
那黑白条纹的尊容——
罪恶因无知无仁而触犯禁忌
赎罪者却时常因敬畏生命
踏上了祭台的簇拥

广袤的绿园上
天空坠落下透明的露珠
同伴们相互追逐
矫健的背脊上
优美的鬃发于风中恣意潇洒
黑色睫毛张合在苍白的天地里——
阳光的天秤端平

北　冥

双手拽握鱼背坚峻的长鳍
随着鱼尾的扑打
探入泛起深蓝色褶皱的泪滴
洒满银霜的梦境里
成群的鱼虾四溅起水花
阳光如星辰
倒映着海水睫毛的离聚

好似柔风中亲吻着
姣面的白色柔纱
香芋紫的珊瑚丛林
还要悄悄躲闪吗
在比宇宙的蔚蓝
更深邃的暮色里绽放

玫瑰鱼扭转身躯
搅动出狞厉的幻沫
我伸手试图抓住一丛
飘曳的水草
倏忽间
却如雨雾般滑落

粉橙与明黄充满了荧光的期待
穿梭的鱼群抚慰着
深海斑斓的调色

大鱼用鱼尾轻轻拍打我的肩膀
我翻着筋斗
踮起脚尖
翼然立于洋流之上
它渐行渐远
轻缓着探戈般的步子
寂静替代了
原本冗长的告别

千层星浪
水草哼鸣着宏大的瞬息之歌
我无限眷恋地回首遥望
一派朦胧的蓝色
呼吸
与畅想
在鱼群的脉搏里
我仰头将双手搭载暖流
迎着海面飞升而去——
沙滩上一片暖意
太阳清醒地在梦中呼吸

北纬七十五度

黄昏
云霞好似晾晒在后院的衣衫
风舞芳菲
徘徊来去
抬头
前路永不凋谢的
是亲切的勺子般的轮廓
黑暗中涌动的杉林
缀满皑雪　企盼着
流星跃入冰封峡湾的壮阔
默契缓缓流动
随着赫拉的嫉妒
上升至遥远的北方天空
邃蓝　与乌涩
无法触及
两颗炽热的心拉开了距离
从某一个被模糊的指针开始
倾谈笑语
缩小成显示屏上机械的绘图符号
小数点般被省略的记忆
与悠长的问候

和缓地冲洗
喷印为统一丢送于邮箱的俳句
无须相互提醒
无须道别
风雪阻隔了出城的山路
我沿着北冰洋峡谷的雪松林
行驶了一圈又一圈
当你不再想念的时候
时空便落入了
变幻莫测的瀑布冰凌
浓烈的紫色浆果里
肖邦停止了演奏
将夜曲的琴谱徒手撒入
一片无限靠近
却永生孤独的白桦树林
木刻的猫头鹰在枝头流下
蜂蜡雕琢的晶莹的泪花
我们深眠于茫茫雪海
仰首迎来
北纬七十五度迈入极夜的冬至

别　离

他带着她的希冀
独自爬上椽梁
草垛下
锄草叉在血泊里尖叫
她站在木桶边
低头安抚着怀中的奶猫
凋敝又炽热的气息
一颗剔透的宝石在海浪中破碎
稻草房外
金黄的稻田里人们衣着深沉
一位妇人的身影伏倒于草垛边
泪水浑浊地淌下那诉说着山川的脸
哭号的身体如狂风中的折枝震颤

午后的和平被打破了
嬉闹烟消云散
奶猫滑下她的臂弯
逃进身后堆叠的油桶

屋外的身影渐渐停顿了游离
光线被涌入的人群包围挤散

她愣愣地站在那片
只属于她的阴影里低声啜泣
似乎有人在扭头对她愤怒地嘶吼
又似乎
只是向她身后窗槛中乌鸦的身影
提出空缺式的抗议
人群扭抱成一团
拳曲的手互相安慰着彼此的惊颤

他说要带她别离村庄
漂浪天涯
而此刻
她只能幽幽地眺望
试图透过那座人海织成的山墙
再吻一遍
他忧伤的快乐的脸
在那临近凭吊的一刻
向他索求最后一次
温柔的拥抱
逐渐冰凉

悄然升起的月色
在她试图压制的脉搏里凄凉地涌现
人群散去
梦境里一片森怖
她松开陷在嘴唇里的齿

泪水倾泻而下
顺着脚踝流向了黄土堆砌的大地

人们开始小心翼翼
不再提起那对青春年少的男女
许多年后
村庄依旧安逸
人们渐渐忘记
那段熄灭在稻草屋中的妄想
与恋祭

冰　蓝

傲慢的黑夜高昂地睥睨
红胡子驶入彗星遗落的海洋
持矛的月亮静候着
于东方的祭台上
捍卫
摒弃昨日信念的船队
免遭
凶涛怒海的追截

铮鸣之上
烙红的火玫瑰缠绕燧石
一对飞鸟
共鸣着心跳
怀抱彼此
庄严的余生坠入了
深沉的蓝色洋流
铁链摩挲
枯槁的双手扣紧锁铐

他的影子
始终徘徊着

将她安眠的心篱叩响
蓝莓般的泪珠
落入银色的河滩
名为斯瓦尔巴的群岛上
衣衫冻僵了
冰霜的毛羽和缓生长
眼睫间横亘的
巨大阴影
一双回旋的蒲公英与虎耳草
蓝莓般的血液循环着拥抱
涌入他们
拍着鼓点的漫漫草茎

霜花蝴蝶
终于飞上了
传说
古老的瑰丽之巅
海螺青紫的天色哺育
高昂的海拔应允着
缓缓降下
裹尸布圣洁的
冰蓝色
她喑涩地浮现
在银屑吹拂的海面
瀑布般的长发那么冰凉
月光色的手指

空悬于星雪飘舞的傍晚
仿佛试图抓住
一尊夜空中
雕塑的
思妄

摇摆的蓝狐回应冰川的脉律
鲸群与鱼的跳跃
记忆涌现出
久远的园囿里青草的慈悲
被雨水放逐
野蛮生长

山海吞合
星斗抛落
潮汐漫卷了尘埃
流浪的
抑或迟惰着
无声的长夜里
绝迹绽放澄明的微光在回响
那是飞流的箭矢
还是
静伫的弓
正经历着
遗忘

禅　刹

南宋的缠枝蔷薇
絮语于金陵禅刹
青砖碧瓦
望兽仰首信步于云霞

绵延的苏锦上
供养人的金线熠熠闪耀
粉青龙泉瓷瓶
绊在
供给的紫樟茶案下
缭绕的云海
于寒山之巅流溢
几只船棹随流辉涌现于海雾的寂寥
碧影褶皱了浮萍
驾着荷叶之帆的莲花童子
在湖水之镜的虚实里骋游

南风抚响笙竹
僧人清掸着晨间的曦露
禅问少年
仰望青霭间的山峦　冥想——

郁郁葱葱的松杉翠影
千石叠嶂呼啸而上
燕尾蝴蝶
蓝色的影子越过崇岭
木兰花清澈地
兀自开了
草木四溢的庭院
绿意半掩着晨光与铃铎
乐声颤巍着
白色的鸾鸟从云端倒栽而下
风
停了
又继续抚响

晨曦的诗原

渡过冰凌消融的河流
沿袭破土而出的花径
撑着竹篙
穿梭于墨绿的山林
将初春藏入
渐渐苏醒的眼睛

碧空中的蜂鸟
划出蔚蓝苍穹的印象
幻梦中哼鸣的林野
低迷着双眼
将山脚下萦绕着心房的
碧水痴望
于一抹泡沫般轻盈的气泽里
我们成排挽着手臂
赤脚踏上
晨曦的诗原
仰面
是灼热的熹微的光
从靛蓝色的边界上跃扬

那里郁草青青
芬芳盈盈
流火
萤光
飞虫扑扇着晶莹的翅膀
露水微醉在灼灼荷花的绽放
我们仰卧于磐石
观风起云涌

无数个不眠的畅想啊
晴空里弥漫着霓虹的馨泽
碧绿的波涛翻卷在蜃景的蔚蓝色
露水呼吸着
眺望
远方川流沉湎于风沙的舞曲
和煦的清风
亲吻你我
年轻依旧的面颊
花影
由云朵编织的桂冠播撒——

逐渐西去的日光里
从蘑菇的伞翼下传来湿苔的酣吟
旦夕于逆光中
徐徐隐逸
山的腰肢盛放着

沧澜的月色
织剪出黑猫狡黠的重影——
它们一只被忘却了
一只被
单行的时空铭记
海浪此起彼伏
银色的夜中
二重奏轰然奏响
黑暗编纂的童话在
你我阔别的岁月中抽芽

乘　风

风暴休眠
水手
眷恋世界的双眼
勾画着弥留之际最后一章的
图卷
宽幕里
海天舒展
坚实的云霞
盛放在洛兰画面的光线
鹰爪一般的手掌紧紧钩握
甲板残木的尼龙绳索
肿胀的身子
半没在海水下
浪花如聚光灯般密集而强烈地
拍打
一阵阵凉意
搅动着存在躯体
温暖的熔岩
蓝紫色的心跳在苍穹里划走云舟
海燕的群像分裂于
暧昧的

镜像殿堂

彻骨的恐惧
从北方地平线下墨色的冰原袭来
侵蚀着
他湿漉凌乱的头颅
试图对抗的
意志
无涯的天际急剧缩短为
至上主义画布上
一条横截的线
拥挤的橙蓝与孔雀羽的填色
逃逸！逃离！
这无妄的
空虚！

搏击的身躯奋力唤醒沉睡的
黑瞳
遍伤的手
伸展向无垠的浩空
青筋铮骨的巨人
孑然漂浮在
一望无际的海面上
他跪立于浮木
诚笃地祈祷
海天边际的光晕里

一艘奇迹的风帆
于蓝色泡沫的挥洒中
因信而生

传 说

海浪随着月光的旋律
拍打沙岸
红色食人蚁
出没于沙漠的洞穴
撕啃腐烂的马匹被肢解的
躯干
稀疏的空气
白色旗帜坚守领地
当上膛的枪口对准我的额头
我问自己
是否还能嘲讽得
如此置身事外
但泪水无法
涤荡森林冷酷的生存法则
听
野草丛中
光明的使者永无倦怠地讲述
一则关乎黎明的传说

寒凛的北方
猎犬

在辽阔的冰原上寻找
鳟鱼的痕迹
欢笑
与倔强指示着
另一个世界的欢纵与疏离
两公里巡捕的霜花
晾在苍冷的天际线上
太阳是皓白色
一棵柏树
与另一棵的距离
充溢着永远也吻不到的
爱的沉默

刺骨的日光
穿过真谛被冻埋的沼泽
雾凇与鸟雀编织的音律里
金盏花天真地开放了
坚韧的花瓣上
闪耀着冰雪的私语
当飓风
卷走了人类最后的荒影
我将一纸书信交递给
你紧紧攥握的手心

也许年幼的你还无法获悉
此刻隐晦的意义——

有的人走出了时间的足迹
他们的呼吸化作清风
将尘埃吹熄
高高的蓝天上悬亮着
山峰划着巨棹
穿梭于精灵歇息的峡湾——
未来
你将知晓
你所悉心洞察的眠云
与豁达的飞鸽
即是真理
那不是四海飘散的传说

窗

画家推开一扇门
又将室内的摆饰用泥沙填满
他撑开一叶窗
窗外却是如此的寂敝：
云卷走了西风
房屋与先验的黄金稻田
话语消失了
窗外空无一物
独留下油锃锃的窗棂指引
幻象与客体的对比
让我们看到不可能的事实的颠覆——
北方
设定了南方的自我否定
盛夏
削弱了冬季搏斗的暗流
有什么客体是体现着本征的：
没有恶的选择
没有爱
也没有恨意

人类从包裹着

尼安德特人尸骨的裘衣中走来
蹚过奔涌的河流的震怒
用锄斧开垦一道道荆棘的山蛮
在赫拉克利斯式的历程上
奋勇与人智为征服
铺垫了基石
灵魂如流沙中的一滴
泪珠
在时空中蒸发为
暗物质与虚空般的伟大沉默
反抗着昨日的
不是镜头下热血的愚智
而是漆夜中安提戈涅义士般的悲悯
她卸下仇恨的枷锁
将亲生的兄长埋葬
热泪与壮举
同样散发着高贵的荣光：
包容了恶的横亘
与追逐恶的桥梁
僭主的惶惧肆无忌惮
肃立的人群目送
安提戈涅平静地走向
墓穴的洞房
墙幕上勾勒
一扇门与窗户的轮廓
沿着山石伸长——

那里没有云
也没有风的幻象
她在爱人的臂弯里
微笑着迎接死亡

醇白的困惑

画屏上的镜面云朵
群青
普蓝与
皓银
松节油的味道还未凝却
少女倒下的双腿
被灰白色的霜雪覆盖着
身旁的雏菊花束日渐零落
堆砌着生命与死欲
相互侵蚀的边界

六月的月光
映衬出蛰伏于玫瑰色的
葵花的面庞
仙人掌
伸出舞乱的牙爪
将深蓝的宁寂割划
虔诚的光束闪现在天穹里
预演着
一颗流星的坠亡
她没有道别

但也没有留下
鹰一般的双眼于夜间
引领着失明的森林
穿梭自身割裂的
秘径

一支边疆的乐队奏响锣鼓
疾驶的幽鸣
盘旋在绿叶头顶的天空
马匹染上了瘟疫
出没于枝干留白的间隙
风中的音符催人长眠
沉睡的意志
于梦中剥开了
寓言金属色的外衣
符号即将被燃烧殆尽——
癫狂地哭泣吧
圣洁的女儿
念诵让誓言永垂不朽的符咒
载着你冷却了
温情的泪水
庄严地走向冥王星的会场
在金盏花的希冀
滴落了寂野的
无限熟褐里
掐灭

这股股待放的

醇白的困惑

慈目下的瞬息

盘古巨人倒在大地上
突兀的山峰展现烟囱般的形状
倒立
沙粒熨平了荒野
草蛇般扭动的河流
环绕——
他的身上插着橡胶导管
绿色汇聚成森林
蓝色的
将湖泊打磨为明镜

苍鹰争逐的野兔坠落陡峭的崖壁
平坦的陆地
方圆几千万里
透视点在笔直的轨道上
朝着预设目标机械地行进
黄金穹隆致敬着地平线的哲思：
有的支撑山顶
有的守望着汪洋

风雨中一个十字形的框架

木材
水泥与太空陨石的雕饰
斜梁的温度上升着
盛满花草的器皿里传来迷雾森林的惊骇：
呐喊的手掌
爆发了人类抗争的
历史

传说故事从诘问走向了硕果
一只绿叶
连接着另外一只——
飞行的气垫船
与倒立的房子
巨人的头颅浮现于光芒
他不是男人
也不是
女人
他不存在于既得智识
也不将
支配未知

七色的光彩从人类的左向走来
安抚
一片被遗弃的房子
从浅蓝
瑰绿

到明黄
那里曾经
也是追寻者朝拜的模样

珐琅彩与镭射玻璃的天空镜像
一顶礼帽空悬在沙滩上
蓝色山峦层接着屋瓴
墨迹摆弄着
开合的窗
窗外
伸出手又缩回的徒劳空隙
盘古慈目微笑
看那尘埃浮沉的千年里
雨滴中
闪现的瞬息

道听途说的爱情故事

我走下台阶
你抬头
目光在尘埃间错落
那时的你
留着平头
金属耳机里迸发着
年轻的恣意
散漫
你的手插在口袋里
我独自走在北方天空下的空寂里
多少次不期地重遇
又于漠然的眼光中分离
葳蕤的夜的背影
笼罩着闹市
喧哗与寂寞此消彼长——
没有人天真地去数
你我试图抓住的誓言
被多少次失落

严寒里冰雪静驻了
我伸出手

试图握住一片瞬间的晶莹
消融的雪水倒回向梯田
青稗蹿升的来年往后
尘埃如是抖落下我颤抖的双肩
你出现在飘摇的梦里依旧；
行色匆匆的蒙太奇叠影里
被遗略的犬蔷薇
殷切地眺望——
路灯下一汪清水的倒影
潜入一片
月亮的深情

地平线的意义

夜行动物还未脱离哺乳
便只身蹿入
雾野的迷宫
寻捕猎物

寺钟还未尽红尘
便将一身佛颂
与经文
铭刻

未来在地平线上闪烁
但当你试图到达的时候
它早已改变了航道
攀升至头顶正中

不断涌现着的未来的光辉
于山隘、大海
与荒漠的晨曦间
交替出现
敦促着
行进队列

永无止境的追寻
有什么意义如钢铁
与磐石一般坚固——
钢铁
于温懦的炼炉中熔化
滴水凿开了坚硕的洞岩
审慎的木匠静止了
农夫在那片尚未雕刻完成的
梯田上耕作
橙褐色的光晕于蔚蓝中隐现
人们肃穆地仰首注视——
乌鸦
翻转灰色的双翼
溃烂的一瞬间
讲述的意义徒劳地睡去
深沉遂愿地
被葬于几百英尺下
此时
唯独记忆
仍浮现
在时光凋零的落叶间
慰藉无数次滴落的梦想
滋抚着
进行曲旋律中
永恒的
悲怆

第四面的舞台

周末
人群
路面
父母奔碌在晦暗的写字楼隔间
小女孩独自
穿着红鞋
提着彩虹编织的行囊
走入中央火车站的玻璃广场
大理石廊柱上的石兽
无声地咆哮
人声吞吐出一片孤耸的云
骏马腾跃而出
巨大的羽翼于空中舒展
将皓白的光芒投射在
天堂幻影般的广场

金丝毛猴吹着竹笛从云端跳下
豆荚伸展着枝叶搭建空中的绿梯
全身点缀着蓝宝石的白象
摇曳着象尾翻滚了下来
粉色的小猪吹着金色喇叭

章鱼的身子随节奏摇摆
斑马是最佳的琴键手
踏着蹄子在自身的黑白键盘上演奏
河马将四周装点为春的花园
彩色蜻蜓如断续丝带
围绕着乐队欢乐地行进
梅花鹿与蝴蝶嬉戏
浣熊召唤着惊呼的人群加入队伍
一只长颈鹿伏下脖子将小女孩
攀牵到它高高的背脊上坐立

队列欢呼着走出站台
穿行过低矮的涂鸦废墟
在果林和农场以外
小女孩看到一片一望无际的山野
天际线上连排的榆树
像电线杆那般陡直划一
阳光的午后
没有飞鸟
错过了云
静止的风从中滑过
消却的声音
时空中
一颗石子落入缺失了震鸣的回响
迥异的金属划入脆裂的陶瓶
看

山峦的另一边的
另一边
第四面的舞台上
一只瘦骨嶙峋的手将斑黄的手帕
覆于黑暗
低垂的眼睑
四周一片寂静
如同灰色的剧院
灰色的雨天
人们在叹息的丛林中默默潜行

渡　生

日光停歇于书斋的螭吻
朴拙的僧匠抖擞积尘
伽蓝院落的晨钟响起悠扬的
划水声
沾湿了蜻蜓的薄翼
让飞行的梦
不再启程

顺流而下
一件白纱布衣飘逝于河滩
是飞鸟
是灌木丛中默契的间隙
肩上烙红的锈钉显露出斑驳的行迹
试图将陈旧的记忆
洗涤于风雨
即使最为狂野的遐想
阳光下
了无真理

它顺流而下抚弄着荇草
仰望

槭树叶里一轮生长着的图志——
山
与积雪
错落有致地坐落在
蓬勃盎然的绿色空地
它听到时间
从伟大的黑暗之门
踱步前来

往昔涌现于金纺锤的丝线
它闭上眼
任意识
从树枝枝梢沿着茎脉
滑向古老的树根

殿堂弧形的拱廊
嵌满宝铃
它看到自己
徘徊在幽渺的萱草花海
愤怒折磨着它
野草纵生的磷火
啃噬着它空洞的眼窝
被背叛的躯体忍受灼烫的溃烂

星光浮现于花海上

花海远行
雪白的布衣
飘荡在熹微中回归长河
与困厄分离

苦难与欢喜消隐于禅天之下
澄明的净土上
它是清风
它是云
它是绿叶
也是伤痕的纱衣——
蓬莱与瑶台观得自在
大地从未隐藏自己
秘密蛰伏于幽邃之中
静待化度的人亲自解译

断翅蜻蜓

新雪
静寂
你将我滞留
于十二月寒凛的湖境
单只翅膀的蜻蜓
冰冻在
山瀑空悬的冰凌里
安详地
因着一处没有挣扎的醉梦
而沉默入迷

千丝万缕的琳琅玉琮
紫藤般从天际垂落
大地酣眠
在蓝铜熠熠闪烁的岩矿
你
赤脚踩着我的影子
对我轻柔地诉说——
重影与远山浩荡在茫茫炽烈的林海
墨绿色的月夜
娇嫩的露珠映耀着

星星温柔的眼
羞涩的唇放下桀骜的困惑
在爱的面庞探寻
一段真理
一封誓言铭刻着
未被时空褪色的记忆

醇净的浩空
显现出晦涩的噪点
丝茧在激流的漩涡中隐没
一颗自缚的心
被徘徊的霜雪蹉跎
我的身体
站在来年的树影里
目光逾越过那片熟悉的藩篱
你的面庞
倾泻着明媚的春光
依旧如火的绚丽
她仰起头
亲吻你的背影
暧昧
回应着淡漠的冷空气
牛奶浸透了卡带
音乐戛然而止
窗外
溶蚀的春水泛起

千疮百孔
的静默

噩梦场

从模糊的记忆小径发端
陡壁上
梦境筑造的幻宇
在潮汐铺陈的空气里
逐渐展现清晰：
灰褐色的泥墙中央
一口炭洞
脑袋随着视线钻进
无限延展
跌入
伸手不见五指的狭道
炫目的尽头
银灰色的蘑菇云垂悬着
天真烂漫的孩童
在云端采撷编写铀的梅果

焦惧的世界熊熊燃烧
钢铁巨人应声倒地
框架结构的钢板扭曲地瘫爬在
一片腐草之上
将科技与文艺揉成一团锈迹

掷向抽搐的灯火

读书人厚钝的眼镜震为碎末
高叠的书本上
黑雨瓢泼
炭墟间歪斜的裂纹玻璃
墨金色的雨水颤抖地倚挂
北风吹碎了疏离的光柱
呼啸的世界
熄灭沉默——
一阵响彻云层的震怒
稚嫩的孩童头朝地从空中坠落
跌进
虚脱的母亲泪光里回闪的绝望的泥潭
焦炭色的呐喊
混沌中失去秩序地飘荡
好像缭绕的孤魂
理智的绅士冲进牢笼铸就的剧场

我躲在岩石后暗暗啜泣
啃噬苍生的怒火
使虚隐的存在逐渐具象
四季的风云不足称奇
于战栗之城
日复一日地沿袭噩梦的复忆
最终

缄默的人群
将在奄息的自体里
走向永恒的毁弃

分割样本

船舶停靠玻璃大厦的港湾
雨雾将皎兔从月亮拽到混凝土的工棚
沿湿漉的水泥涂层
它好奇地用手掌
将朦胧的未知窥探

翌日清晨
失意的艺术家经过栅栏掀开的基地
他惊异地发现了凝固的绝世珍藏——
平庸的灰色里
印着一只蓝色的动物手掌
铁锹电锯与尺量
他仿佛看到了未来的自己
接受
聚光灯与掌声的褒奖

一切都如愿以偿：
宽绰的展间与颔首着的灯光
巨幅装置映衬着他思想的
富丽堂皇
一片片残缺的石灰拓片布撒在

被分割的网格空间
交错的明黄下
银色正十二面体
在漆黑底层依次将幻影浮现

这沉醉的静谧
哦　这动魄的彷徨
人类思想的殿宇如此高深忧郁
你在这倨傲的杰作中还看到了什么
生活中的景象——
所见之物
非比寻常

人头攒动
惊叹声不绝于耳
蹙眉的老人捋着花白胡须
左手架起金丝眼镜细细端看
年轻人赤诚的泪水淹没了他干瘪的身影
淡墨色的叹息如同一根油灯中的纱线
刹那被捻熄

风雨席卷的汪洋

黑纱蒙上凝视的双眼
山巅的翠绿坠落了深渊
雷鸣天地
尘沙笼罩着嗔怒的海洋
风帆从波涛的间隙中出场

贫瘠的航行
充满火与土的意志
平凡的忍耐
船长指挥着水手抽拉绳缆
收卷船帆

凝神等待
也许那是小熊星座
也许那是室女星
光束的银屑像水藻一般缠绕桅杆
而此时的甲板上
无人望盼

冰冷的巨门于子时开启在混沌的海雾中
深蓝的夜

在风暴中无眠
泪珠冻挂在船长红肿的眼睑
将幽梦的抚慰刺破：
历经风霜
暴乱
与饥迫
穷尽其生的漂泊
终于驶向了
温柔的家的庇护
朝夕妄想的渴慕却弥留在
这风雨席卷的汪洋

水手的聚会载满哀伤
身系铁锁的鸦雀
载我走吧
这不测风云的刑场
谁将公示我的讣闻
谁来悼颂我的遗体沉入黄土埋葬！

不
我不要在这夜的脉络中任其自流
徒心劳力地
奔赴蓝色冰封的穴墓
桅杆上的绳索拽捆我布满厚茧的双手
“不要放弃，
不要轻易地——

不要放弃！”

雨水暴烈地锤打我
如断枝一般
即将瘫散的身躯
我紧握着生命的渴望：
启明星的光辉
在吸食光线的夜雨中婆娑
迎着东方纤弱的敞亮
我紧紧抱住船首的舷梯
抗拒着沉没的命运
直至
风雨离去

弗洛伦萨的男孩

石灰岩的古典建筑
星罗于窄巷明黄的泥墙
墨绿的窗牖上空
参差错落着
卷轴拱壁与高洁的门廊

乌黑的雏鸟坠入白色斜纹的天空
一袭青灰色衣衫的男孩
站在转角的香橼树下望着一扇
遗失手柄的木门发呆

十载光阴刻画于胶片相机的暗箱
他调好焦距
转向我——
凛冽的川河
迈入我手中提拿的画布
朦胧的心思依然回荡
在汹涌着波涛的海风与
蓝色浪屿的畅想

你抬头迎着太阳的光晕

那一刻——
快门
将宇宙瞬间爆发的千万种可能
坍塌缩合
选择的纤维
汇聚为此时此地的这一霎
也许在另一个时空
飞鸟穿过蓝色的瀑布
也许另一位女子
捧着蓝色矢车菊眨着明亮的眼睛

但这一切并不重要了
时光沿着小巷朝前走去
起伏的石板
阳光如青色的浮萍跳跃

我们谈论着陈旧的画
与歌谣埋葬的废墟
底片上饱和的理想
布满噪点
与颗粒
那些开怀大笑的
那些年少的迷惘与忧伤
在露天咖啡馆
朗姆酒的馨香里
敬祝橘猫与候鸟的友谊

格拉斯

宙斯为甘尼米德拂去一滴
思念凡尘的眼泪
踮脚舞蹈的狄俄尼索斯
欠身摘撷头顶的花环
赫菲斯托斯谨慎地将它
锻淬于火焰
坐卧在海贝之榻的阿弗洛狄忒
给了它一个深情甜蜜的吻
阿波罗带着它
驾驭洁白的马车跃过
太阳的光热与北极的冰寒
在月光静谧的殿堂
阿尔忒弥斯悉心地将它赠予
镶嵌于勒达白丝绒的天鹅蛋里
一天天长大的神者之蛋
孵化出了斯巴达的海伦
她将它编织为莎草项链佩戴于
白皙的颈项
手持金苹果的特洛伊年轻王子
在项链的光辉间邂逅了美丽的海伦
一场旷世之恋

拉开了禁忌的帷幕
谱写了一出恢宏的战争之歌
现世的人们传颂那段流传的史诗
却似乎将它遗忘了
那定情之物
将明澈的惊鸿凝固
水瓶侍者的泪水之石——
澄蓝的格拉斯

工业纪年的爱情

二十岁生日过后
我们的身体就不再长大
蹩脚的远大志向如潮水退去
协同
青春期被压抑的稚拙
与双手抚摸
她温柔肌肤的躁动
一同被金属躯壳压缩裹挟

大口喘着粗气
塑料膜联动的心脏颤抖着
呼吸
呼吸
那里没有云
天边的日月按时升落
我曾在书里读到过
关于金梅草与石楠花的诗句
时常闭上眼
想象
将她的手捧于胸膛
献上采撷的花束带着心的温度

想象
亲吻她柔软的唇时
那触电般的波澜起伏

而二十岁的我
既没有年少的冲动带她
去中央公园看全息影像再现的春天
也没有足够坚强的毅力允诺她
一个合金制成的
屋舱的安渥
纵横的空中轨道将中央枢纽区
重重包裹
我在工业带的铁丝网里呆呆地伫立
好像望着一道
永远越不过的山岭
却始终放不下的沉默的彷徨
那个年岁
谈理想太痴狂
谈建树又奢望
我开始偷偷酗酒
于每个从工作间返家的黎明路上
渐渐地
我感到大脑中的石棉体磨损率加速变快
我开始变得迟钝
双手已然抓不住她灵巧的手指了

无声的泪水从她的双眼夺眶而出
那阳光下晶莹剔透的滑石面颊——
我多么想再一次吻她
在这依旧寒冷的阳光下；
但此刻我唯一能做的
就是松开我僵硬扭曲的手
目送她走过鄙陋的屋室
走过这难以名状的
沉默的
空墙
我知道我在耗费着这愚钝的铠甲
等待一个
没有出口的
死亡
是多么想再轻盈一次啊
再次疯狂地幻想——
我牵着她的手漫步在银色的月光下
大声地喧喊梦想
在荒原里嘲弄炎凉
像我从未见证过的书中描写的快乐那般
吻她炽烫的脸
吻她纯白的热情的乳房
然而此刻
仅有的一分毫神志告诫着我
我必须放开
她的手了

夜晚如狡兔钻进地洞一般
阖上了述说的眸子
很快
我们僵硬的躯体就要起身
走向工厂的
灰色门板

光 翼

橙粉色的云霞滥觞于
雪雁柔涛般的羽翼
侧耳倾听
蓝色血管中自由的行板
魔笛般啾啾地鸣响
椴树的花蜜浸透着欢愉的水雾
海平线在云朵的涂抹里
变得不再清晰

熹微间
白鲸纵身云巅
海鸥飞离了窠臼的庇护
鹧鸪在风榻上拥吻
天幕下的星辰
缭绕着海葵荧光的闪烁

这天真的温情
将沉郁的大地烘托得彤亮
如诗藏
千里之外
渺远的内陆都市

玻璃幕墙折射出远方爱的云影幻象——
蔚蓝的背景里
若即若离的温热躯体嵌上
驶向永恒的光翼

荷叶香片

鳞片与珠蚌编结的渔网闪烁着
傍晚的月光
悠闲地晒在山头
相间的树枝上
水牛哞哞地结群走过
黄昏里破裂的陶笛
咏诵着赤子的烂漫
蜿蜒的泥路上
牧童挥舞着长鞭
奋力将梅雨的滂沱呼唤

于尘土上奏响抒情的乐章
穿堂的晚风
越过田野马赛克的金黄
一只焦急的河蟹爬入
茶末烘染的池塘的馨香
燕归巢后
柳枝弯弯地描绘夜的眉色
青蛙与蟋蟀
跳上荷叶的绿掌
跷着腿
在清徐的风中乘凉

黑白琴键

冰雪倾轧了墨色的林
嫩枝抽芽于南部的末冬
喜鹊在
梅溪竹海间穿弄
黑白相间的羽翼
优雅地
流动张合
好似一架琴
演奏德彪西的希腊花瓶

那飘渺轻盈的乐章
述说着埋藏于掌心的诗与悲喜
暮色里偶然遇见
年少时的锐气与锋芒
于嘴角张合的轮廓线里陷落
你笑起来的时候
像极了一尊
程式雕刻的泥金雕塑
好似心绪定格在
你无法触摸
被封印的眉心一角

我远远地眺望
树干的阴影在夜空下妩媚
星语缄默
流云安眠
退缩于大半个地球背影里的我
能为你做的
还有什么
让情愫的尺牍经历柴米油盐的蹉跎
是一场雄壮无畏
难计得失的战役
我们有多少勇气能够屹立
这舞台般的闹剧
彼此消磨流光
即将谢幕
却无从上演的水墨复调
用胭脂涂抹

春华秋实
散落于光环末梢流云般的独白里
那泪水朦胧的一声珍惜
在无涯的光影里
淅淅沥沥

黑铁纪元

一朵玫瑰在木板上蜷曲
那是殊途
而不是目的
刽子手跪地祈求灵魂的救赎
赤红的月亮背面
狰狞的眼
注视着
人类的荒影
沉入蔚蓝的海底
卫星在轨道上重复着机械的运行

窗前的饭桌
献祭着阳光千万种的伪装
怒放的格调
蜥蜴撩拨着烛火的芯焰
有的人踏上征途寻找
有的开辟了跑道
展示猩红挑衅的战袍

落叶向年轻的蛹
诉说泥土褪色的老套

大海从北方飘向了熔岩
硕大的白蜡树下
精灵嬉戏环绕
机器蜂在那里辛勤地奔走
待到时机成熟
春分与冬至平和的时候
整齐的队列冲向喷薄的海洋漩涡——
只有神经元间
加载着中枢头盔的科学家
知晓它们神秘的目的地

也许它们到达地心采集铁矿
也许它们冲破层层地幔
飞往银河系漫布冰霜的另一端
又或许
在重力加速度的势能下
冰冷的机械
刺破沉睡的黑铁纪元
回到温暖的第四纪
在那里——
它们不是钢铁
不是被编写的机动程序
柔弱的昆虫搏击着生物纤维的微循环中
一帧一帧
纤柔而坚毅的心跳

幻　形

有心抑或无意地
音轨上落下的积尘
悄悄覆盖了熟悉的记忆
曲簿的封面
印着玻璃门廊的行迹
湖水掀开了窗
沉闷的云束
闪烁着恩赐的光彩——
没有人的愿望是孤立的
一只丰盈的鸟
立于凛冽的刀刃
鸣叫
被冰雪包围的猎人
哼唱着哀戚
与希冀的歌曲

山麓北面
在严冬
寒流隔绝了
泥土中苍树的盘错
漫天星辰

是花
飞向倒立地表的散落
毕达哥拉斯的律被奏响
天体旋转着
地幔上湍急的河洋
秩序——
陌生又从容的幻形
它平行的身躯
如纵逝的飞鸟
流连在
自由深邃的庙宇
银白的羽翼渡涉于浅草
透出湛蓝的喙
淡漠
春天出走了
森林里
花
谢了芬芳
佛说
人间总也免不了遇散
如若你邂逅了那一刹的孤寂
便于禅天
留下了跏坐的衣钵

荒诞故事的婚礼

美丽的桃金娘今日就要出嫁
在这阳光扫着琴弦的四月春光
飞鸽衔来仙露滴坠的月光宝石
蟋蟀将它串成精美的吊坠
悬挂在姑娘红艳的面颊下

头戴红宝石桂冠的青蛙王子
挺着大肚子在凉台上忖度心思
塑胶纸糊抹的天空
下起海蓝宝石的克拉雨
躲雨的天鹅将脖子探入云层
试图寻找干燥的草垛——
荒诞的现实时常出现困厄
可沉睡的利剑斩不断喷火的恶龙
勤拭的镰锄却能削下敌人的头盖骨

老农夫的儿子是多么俊朗又朴实
勇敢无畏的斗士
这份银胎掐丝珐琅盆装满了新鲜土豆
是至高无上的王子对你骁勇行为的嘉奖
但勇士推却了这份荣誉的厚礼

一心渴望得到真心爱慕的桃金娘
自负的王子感到自尊受到了辱没
换上骑士的行装
颤抖地提起父亲的父亲流传的宝剑
赶赴飒飒疾风的决斗场

英勇的斗士早已于密林等待命运
不怀好意的蛇群作壁上观
蛇信嘶嘶作响坐看好戏的开场
年轻的王子举起精美的宝剑
向毫无警戒的敌人冲去
矫健的斗士翻跃筋斗轻松躲开了
青蛙王子追逐着农夫的儿子
穿过群山　草甸
冻原　碱地
日落的时候
气喘吁吁的王子面向奔跑的斗士的背影
呱呱嚎叫
蒲草里的动物们听到王子的诏令
顿时欢呼雀跃地响应：

芦苇摇曳着身姿
云雀与猫头鹰唱着二重奏
螳螂拍动双翼吱吱地在月下附和
气急败坏的王子叫唤他的仆臣
怔怔望着斗士跑向了夜空

乘着上升的星星进入了月亮的桂殿

露水层染了桃金娘的面颊
她栖藏于深谷的河畔
既不知晓天涯处有翻天巨浪
也未见识盐碱地里遮天蔽日的狂沙
心力交瘁的王子未能赶赴婚约
为此她是如此的凄伤
天真的姑娘失去了素未谋面的夫君
再也没有人许诺她太阳的明亮

簇拥在螺贝与海珍的锣鼓中
俊朗的年轻人跨入姑娘的门廊
热切的心跳端详着彼此触碰的目光
哦　美丽的姑娘
今日你将成为我骄傲的新娘
嫁给我吧
我没有繁缛的宝石
也没有精心雕琢的庄园
但我有一颗诚挚的心
和勤劳的双手为你将风雨遮挡
桃金娘泛着泪光
扑到青年坚实的怀里
两人紧紧依偎
向待开垦的荒老走去

黄墙垛

酗酒的父亲
终日挥舞着皮鞭抽打牛群
上面总有许多
牛虻干瘪的尸体
在烈日下
光辉被白昼泯灭
母亲呆立于门框
永远胀大着的肚子
诞下许多
依次啼哭的懦弱的生命

野姜花绚烂地开放
呆滞的双眼掐灭了稚嫩的焰芒
蔷薇绽放的时候
藤蔓从墙垣的左角攀爬至夏天
黄墙上装点着枝蕊的玫红与墨绿
我沉溺于幻想
一只轻柔的手
抚摸我的发丝与颈项
行云与蔓延的青草淹没我的呻吟
薄荷草的清香

与野草莓的悠长
从遮天蔽日的桥墩
泥泞下漫涨
我扭头抱紧妹妹低沉地抽泣
墨色的夜晚蝇蚊肆意扑闪
弟弟妹妹温热的躯体抵在我的肩头
就像柔软幼小的牲口
沉浸于呼吸

梦中
时常浮现起父亲的牛圈——
一根绳索牢牢拴住的生命禁区
从此天涯故乡
湮没了的意志在劳怨中睡眠
愤怒
被驯化为隐忍
反抗　被奴役为依顺
泪水涌出我的眼窝
湿润了妹妹柔软的发丝
秋风渐起的时候
泥墙上的蔷薇被父亲用板斧连根砍断
今年收成好了
就布置你的嫁妆
父亲望着颓唐的泥墙思忖了半晌
那黄墙上还隐隐透着些许暗红的印记
说不上那是被释放了的花的魂魄

还是它将她们牢牢地摹刻
在这永无昼夜
永无风雨的牢墙的罪证

魂

假山上暴涨的湿苔暗涌着
反复涂抹的春的意志
山冈上的树阴
如同垂目的栅栏
在风中永无翳蔽地开合
甲虫　烟浪　与松海
麦田将一汪深情藏匿于流淌的青霭之中
椴树间的丝管
吟诵着枯萎蜻蜓的思怆

殉道的池塘此刻如此寂静
山林掩映下一袭龟裂的花窗内
噙泪的水塘翘首倚盼着
被捕猎的幼兽
再也回不到
那个佯装为家的故乡
爱
让人狂乱又让人倍感凄凉——
吻不到的伤痕
拥不尽的忧心翻涌时光

远方的烛火照亮
草垛间红掌的鹅正无邪地嬉戏
灰色的墙壁内
金属的撞击是那么清凄
铿锵
始终掩饰不住猩红的呐喊
浸入心的泥墙

露水滑下松针滴落无声的溪涧
在隐蔽的密林深处
腑脏
一头牛的肋骨倒卧于浸润的土壤
锃锃的骨叉直指天苍
月光嗔怒
谷风在洁白的空隙间奏响悲凉

夜莺停歇在他的尸骨上
这狂热的悲伤
泪水涌进了池塘
如何将纷乱的倒影挨过
清醒的梦一桩
一桩

暴雨接踵而至
蝉虫缓缓爬上了树梢
干涸的池塘填补呓语的呼唤

我静静地

躺在你的梦中生长

镜面房间

日复一日地
在石槽里
集结种子与麦果
终于将自得的梦想全数付兑——
仙人掌与紫藤掩映着我的庭院
一掬池水荡漾着
玛瑙石般浅淡的色泽
睡莲播撒了静谧
整个夏日
我将怒放的蓝色颜料
涂抹墙壁的每一个角落

窗棂望向赭石的天空发呆
我用明快的鹅黄填满它
追随风的空隙
秋收的时节
我反复算着谷仓的积粮
越过严冬
直至春种
而后随心所欲地装饰我壁炉的木架

我要用镜面
包裹我的居室
让每一个区分的墙面
在界限
看到灰度
无论是分离
还是企盼
都可以摒弃矫饰的推心置腹

还有每一个横切的维度
在自身
将深邃的立面探索
创建独立复合的个体
从容不迫地在平等的构成中站立
这样独立的个体
不是
为了寻衅对立
而是在对方的镜像里
与共鸣自己——
每一寸真实的轮廓
每一秒流溢的真理
当然
我还要将
旧货市场淘到的洋红色沙发
搬到屋室中央
在梅花的热情

与茉莉的青春里
穿着袜子
看沙漠在彩虹下绽放

雨季来临的时候
荒漠中的草原
延伸出了绿洲
你的双眼将出现在
映衬着你
深情影子的门廊
我微笑
因为我已恳切地
将一切知晓

九日女王

母亲为她披上高贵的天鹅绒袍
绣着凤凰的金丝线波光潋滟
绵柔的长发
如点缀的星星
闪耀在宁寂的夜里
纤长的手指在飘落着百合花
与罂粟的池塘中来回拨弄
明日就是出嫁的日子
她心中的小鹿
却望向太阳沉没的西方
睡莲紫的天空刷上一抹淡淡的樱草粉末
少女的心思悸动又惆怅——

火红的袍子下露出少女霜白的面颊
清新的睫毛
覆盖着她黑亮的眸子
羊群在露水中憩息
黑山羊于临终前获得了
晨光的救赎
她抬头望向天空
飞鸟牵着云翼在广袤的蓝色中翱翔

太阳采撷了光环的裂隙
置于乳白色与皓白的层缝间——
十字队列在那里寻找风的勋章
母亲取下她头顶的花环
将一顶皇冠戴上
孔雀石
鸽血红与珍珠的遐想
少女低下头
将一粒殷红的浆果摘入唇间

黄金果盘中
一簇蛇头从绿色的葡萄里钻出
猩红的蛇信嗞嗞作响
少年拔出宝剑削下了狰狞的反动
夜的沉寂里
骚乱的烛火燃烧着攻城的草垛

火星四溅的夜空
少女怀抱着幼兔在
古老的石窖中倾听亡灵的哭诉：
不同的身世走向同一条苍茫的不归路
她天真的眸子漾出泪水
扑在新婚丈夫的怀里
嘤嘤啜泣
她第一次端详着他的面容
第一次如此靠近地

彼此述说坦诚的心事
窗外嫣红的花毯上撒着霜雪

黑绢蒙上双眼
她穿着黑纱裙迷茫地跪在断头台前
仿佛他朦胧的身影正逐步
向她行近
共振的心跳
扫除了时空的残末
她开始想象他们的未来
想象他们一同穿过密布的防御林走向——

肃静

枯枝的断梦

视野外的岭海
流光将空谷里的迷雾落在了丛林

清风徐扬
雨水攀缘秋日的树干
在泪痕刻蚀的木纹里漫盛着
一折枯枝断截的梦
投射出一片片
碎礫的自己

记忆将潜藏的告白映画得清晰
无法跨越的树林
无法安居的皈依
湿润的苦雨沸扬了梦境
恬静的面庞
试图在河滩落日
寻找你眼眸的韵律拍抚的潮汐

笙丝绝响
雪落草枕的裂隙
樱花飘飞的日夜却未释忘——

霜花间冰凉的指腹
拭去沧桑的脸颊灼热的泪滴

一丛忘却时间的树
在憔悴的人世中矗立
年轮的心墙封锁着
奇点孤独的祈盼
一双眸子殷切地回望着
迷失于昨日的人无从
转身拂袖而去
仿佛
在悲伤还未拂晓前
能够让我
再遍体鳞伤
潸然泪下一次

宽敞大道

档案室的纸袋
探出脑袋
一只胳膊好像
电线杆上勾挂的绳索
风中孱弱的花
在层层的生
与死者的垂目间分开一条
宽敞大道
胜利者的文字书写典章
人群颔首将它留存

他们吹响号角
红艳的竹篮妆点莓果
一条丝带水蓝色的图腾上
有人在模仿鸟兽
有人在剑弩末等待着

等待
用愤怒的拳头
攀爬出寓所
在雄鹰的巨擘下

拉开天的帷幕
热血覆盖了彼此缠绵的倒影
匿名的车
冲向死亡大道
没有风的港湾是没有船只停泊的

流浪，没有灯塔的汪洋

不，放逐
流浪
在没有灯塔的汪洋
雾雨中的白鸽好似琴键
奏响人类的梦
沉浮于骇浪
回望每一刻的泪珠
于青草佑庇的乐章中潜入
盛满浆果的小径遁藏

谱写重奏的云雀与蜂鸟
震颤着松木上阳光熠熠的金丝线
郁林将青天旋转
棕色的马匹低头蹚过草原
走过隐没的
半透明的石子路

湍流下斜长石的倒影
发出寂静的音响
映射出河岸
惊鹿的双眼于潮湿的雾中明亮

蜻蜓飞跃风柳池塘
你蜷曲的手
抚过池苔
布满了秋霜
你放开了我的手
月光
于鸟鸣间奏响
浮游的海藻放任海浪
放逐
流浪
在没有灯塔的汪洋

琉璃珠坠

秋风渐起情绪
落叶溯洄月色清朗的夏季
在里昂庄园的小木屋前
她拾阶而坐
微雨朦胧了夏虫的鸣啼

青石板中一汪积水倒映着
俊俏的脸
泛起青涩的涟漪
他眉眼弯弯似星海中
和风渐起时
追逐浪花的鲸鱼

流星点亮了他的眸子
微光闪烁的一刹
悠长的风
吹落了
一剪针叶
苍穹倒映着
松柏间循环的蓝铃花的尾调
在夜的余韵里

静止的鼻息下怦然的脉搏叩响
他的双眼
如乌木上闪烁着樱草
欢悦的光泽

园囿里蛙声绵延
音律勾画我
双唇起伏的轮廓
一只野兔蹿入了身后的花圃
他说
将岁月安放于这琉璃珠中多好
流光褪去了浮动的颜色
被镶印的我们却依然
青葱磅礴

傍晚的风
清凉地游走
银色的月光点缀在电线杆的线谱上
音符的踪影
兀自流散于蹦跳的指尖
我将他的微笑
颔首掬于琉璃珠坠中
安放心田
夜色拉长我的思绪
纵身跃入云谲波诡的故事里
随着时光

平静地走过了壮阔的花海
走过了青田
走进了渐渐浮起的秋蝉的鸣啼

没有星星的夜晚

年纪苍白的时候
我开始频繁地怀念故里
回到
乡村的独墅
在洒满银屑的壁炉旁
仰卧
享受整片夜的宁寂

似曾相识的驼铃摇晃着
悠扬地沿着沙峰
走入了落日的孤独
倾盆落雨前
蚂蚁顶着储粮
钩织着迁徙队列的沉默
但
此时的寂静
是独特的
我看到
宽硕的宇宙里
空无一物
一条横线与竖线

断续着相交
吞没了星星明亮的双眼
也
划走了云的淡漠

心爱的少女的脸庞消失了
尽管
我曾恳切地许诺
这儿没有乘客
爬行动物通常于夜间出没
但它们既不发出声响
也没有奔跑
我等待着
一片戏剧性的颜色
待呼吸伸展
蔓延为一条
璀璨的河

宝蓝的河流上
烟黑色的脉搏汩汩流淌
我睁大了双眼
预备迎接
风暴
抑或想象的光芒万丈：
世界的钟表
停滞在堵塞现场

于极黑的夜里
无法溢出的光子
再也不能恣意流洒
足迹绚丽的火花
我听到被拧紧的螺丝钉逐渐松懈的声音
就好像枪管下
放生的野鹿
嗷嗷哼鸣
我听到溪水涓涓的窸窣声
欢笑的人群
站立在泉水中涤浴
百合
与藤枝的香味
绽放于雨后的芬芳
我看到天空
出现了鸽子的幻象
一束光
隐没着　又闪烁
牵出玄音的悠长——

一片岛屿
与水蓝天幕的赋格
无声的乐章于泪水的潜影中交替
呼吸
海盐的味道与雨后的青草踏着舞蹈
苍老的橡树

逐渐变得娇小
嫩芽伸展了它的芳枝
风雨兼程的耄耋老人如婴童一般
蜷曲在皮沙发里
听
嘘
休息的时间到了

玫瑰骑士

让我们剖析现象
共鸣菁华
待我将故事娓娓述说——

纯白的大理石岩片堆叠为
菱形的屋舱
一位身着灰色长袍的长者面对
玫瑰镌刻的窗花静伫
他的目光
被潮水推向
迷雾笼罩的林间沼泽
一位少年骑士摇着橹清唱

悠扬的歌声缭绕湖畔
水泽仙女的重影摇曳在
鳄鱼与水蛇的腹囊
嘘　不要划响陶灯
妄图揭开这自然的奥秘
消息让人自扰
天象或许使你忧烦
然而无知却模糊了你的视野

跃过标示知识极限的碑石
误闯禁地
你这用嚣张傲慢书写的考志

骑士不卑不惧
他昂首挺立于船首：
我曾游走四方
在西风与东风对决的沙场
寒雪覆盖的丛林北麓上
水蚀的高山地貌
与溶洞冰封的四季
都不曾让我心生退念
朝饮坠露
夕餐草木
我看到粉石英缫丝而成的精灵的具象
我知晓了
广袤的人世的纹章
以及宇宙的图式
继而在我虔诚的诘问下
精灵祝福了我关于未来的脉象
我穿山越岭
意欲将此地找寻
把手中的玫瑰献予
梦中披着面纱的新娘

星夜摇滚

土木阴魂
低沉的目光于树梢炯炯凝望
仙女月光般的发丝如
刺骨的寒风飘抚
愚钝而狂妄的人类啊
那藐小的足迹怎可丈量土地
头颅庇护的心智怎敢痴妄
将苍宇了然股掌
你们掘地三尺
寻找时空的钥匙
争当造物主的侍人
然而出入神堂并未使你
并肩咒语与奇迹
以及获得如神的躯体
拨开迷津
看仙子的胴体与花蕊缠绵于雾雨
诸神何曾有过性别？
只是崇拜的凡子有了割异之心
才甄别了性的观念
而现如今
我——傲视群雄的水泽之神——
就要成为这荒诞闹剧的间接侵害
委身于人间男子
你这狂傲的无知之徒！

贞烈的水神夺下骑士手中的花枝

将刺棘捅进自己青灰的脖子
鲜血喷涌而出
圣洁的面纱染出一朵猩红的玫瑰
雪松
从树枝飘落亲吻她的长发
水神的身姿坠入了宁寂的湖水
这宏大的悲剧发生于瞬间!
被震慑的骑士伸手拽住
雾气中意欲尾随消匿的面纱

埋伏的救援船只莽撞地侵犯
适才失去佑护的处女地
卵石般的穹庐
卵石般的水雾
青空怒火
焚烧往者信念
是成为道德最高
还是问鼎至上的寂灭
喃喃自语的骑士
被带入一个幽暗的匣子
捆绑于座椅上
机器将他的记忆竭尽抽取
意志被分离
双眼冰冷的骑士好似神灵一般
被披上金银织锦的长袍
供奉于洁净的大理石神龛里

僵硬的手中紧握着
面纱
被鲁莽地割下
装点于迎面凝视的西窗上
晚钟长鸣
太阳剧烈的搏击涌现于西方
彩色玻璃显现出一朵
高贵绽放的玫瑰
长者垂下了头
用已然干涸的泪水
将她悼念

美人辞

玉佩高悬
登临琼阁飞殿
极目远眺
少年风发意气
青云而上
未闻糟粕疾苦
劝君将进一杯美酒
对月高歌
万般人间滋味
醉语翻涌心篱

羽扇纶巾
裘马轻狂
不曾念
凝望墟土
三更滴漏
明月长立

美人椒房
小镜梳妆
泪染云鬓花黄

弱冠之年怎晓愁离心事？
骋马边疆三十载
雾雨苔生
矗立疆夷
横崖睢盱卷古意
流水恒昏暮鹧楫

吟怀昨日今宵
方了伊人不渡
须臾间多少爱恨嗔离
断痕罗绮
花开两地
唯有不尽思绪
托付桃花清梦里

劝君再进一杯美酒
莫恋繁相蜃景
莫贪高官厚禄
将韶光饱足

朦胧的重现

当生命爬上一段不被期许的年轮
时光勾勒一墙
昨日的忧伤画像——
泥墙上撕去的伤疤
消失于街角
机舱外
白云喃喃的呓语
充满了旭日里青葱的寄想

杳冥的雾将眼角湿润
记忆中
惊鸿一瞥
渐渐被锈蚀为刺痛的路障
一段段地
将时空横截
斜长的影子暗淡了希冀
将思归的浮影
一一撞碎

遥行三千六百四十八万里的追寻
终究是为了这样一场

又一场
徒劳无获的重现吗？
浇灌一株梦想奔流的树
爱上一颗
亘古不落的星辰
对着泛黄的书本微笑
温暖
擦肩而过和婉的旅人

出走了太多的企望
却把真挚的快乐隐藏
那令人莞尔的事
恰是
躺于轮转的苍穹之下
静待一次又一次姣好的盛放
好似雨水星点
悠长地划落池塘
周而复始地归于远古
太一的河流
由春转夏
秋去冬藏

莫名先生

莫名先生
看我为你带来了什么惊喜
发髻上盘旋着
一只四月的紫红牡丹
它是少女为我
从山上采撷而下
装点云鬟
娇嫩的花瓣滚落着羞涩的露滴
莫名先生
你要快来

莫名先生
看我为你带来了什么惊喜
田野的尽头一所蔷薇花攀缘的房子
白色木门上写着你我的姓氏
我坐在葡萄藤架下摇晃着竹椅
余晖里呼唤着你的名字
莫名先生
正奔走何方

莫名先生

看我为你带来了什么惊喜
在我的身旁站立着
顽皮的小孩
他是被福佑的儿子
尽管我与他素不相识
却在他的双眼中看到了你的影子
莫名先生
为何还未寻来

莫名先生
看我为你带来了什么惊喜
将花朵酿造成果酱每日享用甜蜜
我卖掉了偏远的房墅
背着行囊看山花沙海
我给了你忘却的孩子最好的教育
养育他长大成人
追逐理想
学会坦率而不是怯弱
莫名先生
请不要再寻来

牧羊少年的行吟诗

面纱飘荡于白桦树林
安德洛墨达与珀修斯温情对望
海风沉默着你的樱唇
少年沐浴着月光殷切地遥想

秋季的花径徘徊于
麦黍的清香
一阵阵
悸动的心思
在矜持的密林间缭绕
抖擞着金色毛发的雄狮
蹿入栎树的丛影
清澈的针叶
发出浓密又冷冽的铙响
鲁特琴
悠扬着层层山色的缠绵
少年的心跳充盈着夏季槐树的白色蜜霜

羊群安眠
湿苔上的蘑菇崭露头角
崭新的世界

木屋的廊檐滴落下
透明的雨露
倒映着少女的侧影
于纱幔中舞蹈
飞萤中摇烁着朦胧的烛光
一只箩筐里
载满了翠郁的甜菜和娇嫩的浆果
白天缝补的裙衫搭在竹椅上

室外
少年仰起双臂在水潭与磐石间挥舞
鲜荧的月华
推开了云朵
宝蓝色双眼的黑豹摘下
海风中的葡萄
夜蟾与狐猴啾啾鸣啼
少年吹奏牧笛
将朝阳唤醒：
当黎明拉开东方的帘幕
我就要走向你
我欣慕的恋人
对你吟唱
这令人悸痛又沉醉的古老乐歌

泥土与绿

被掐灭的烛灯
照射着涂抹青花的脸
瀑布冰封的蓝色
犹如潇洒被扼杀在期望下

远方没有
飘逸的诗
散漫的笔墨和行书
艺术家如此成就着
事业的伟大
杂乱的玻璃水杯铺陈在地上
碰撞雨蓝
和水绿

松石玩世不恭地
啃噬月夜的脸
消失的斑点
凝滞在不动飞矢的瞬间
脉搏推却着
不断后退的地平线
等待平行火车呼啸而过

完成所言之物

象征的寓言

欧泊竖琴

天际的阡陌线
斜斜地编织一片澄莹
兰花草盥浣云帆
苦橘树倒映着青田的侧影
蜿蜒的溪水
汩汩潺潺

林中仙女褒衣飘袂
悠闲地散坐在
露水润泽的草甸
车轴草的誓言点缀着轻柔的裙纱
曼妙的纤手将永生花与
岩玫瑰的花环编缀

爱恋的悸动
缭绕着馥郁的草场
百合花与乳香的芳香中
鸽子衔走了修饰的辞藻
露水点缀
垂首的
俄尔普斯

弹奏欧泊与泪珠镶嵌的竖琴

将海角山崖踏遍的誓言
没有回音地
流淌于寂静的山谷
徒剩铃兰般的脚步
在人间

俄耳普斯噙满泪水
在八月阳光下吟唱
我的爱人已随风而逝
我的爱人已乘风而去

棋

草垛遗失了空间的轮廓
枯涩的花苞
环绕着花田的陨落
像火中战栗着的碳苗
斑驳的铁钟停驻在老榕树
张裂的树桩
青苔从树根至树梢缠绕
枝头上
离魂的魑魅发了芽
望着树阴下童年的嬉闹如
楚汉厮杀——
嘶鸣的战马倒下
将相临近车辇
雾气
从树林更深广的迷域扩散

灰蓝色的树林下
又见牛羊
鸽子栖息在一尺见方的棋格上
构想中
有的是铁马峥嵘

金戈沙场
将家禽的尾
扎缠一把灰羽扇子
徐徐把夏季的风
推到竹床边的月光里：
孟德昂首东吴横槊赋诗
孔明夜观星宿草船借箭
古老的故事
与偷偷窃取了鸟蛋的回忆
在灯影中映着白墙闪烁
当他们从村口
走向沥青大道的繁华
档案袋式的柱状高楼规训着
灵魂的缄默

阴沉的灰格子
代替了棋盘的朱红色
三国壮志被裹挟在森严的西装里缩殁
那些明暗光影
阿谀
与欺叛
匿藏于面具
用冷漠的双眼将人间的拥塞俯瞰
在光明宽敞的大道
他们渐渐走散了
经年之后的酒桌团聚

无人再提
童年的天际线上
那些鸟群梦游的夜晚
那张野草丛生的
棋盘

潜行队列

三角形的栅栏
将铁丝扎入锋利的刀刃
迷雾掩护着潜行队列
从泥泞
赤脚迈过石板

木箱里黑白电视机的显像管
呈现头骨废墟
如风中的纸屑一般
喷发载满伏特的驳船
前行！前行！
脚步声似鱼鳞缜密地排列

哨兵眺望在山冈
目送穿梭于丘石上的月光：
一棵榕树垂落千万株藤蔓
潦草地涂抹天空
将逾期的誓言撤销

历经千辛万难
夜的新蕊吞吐出云的险关

朝向黎明

庄严地将诺言守卫——

前行队列抵达终点

预言终未逾期

墙角的阴影

包裹镜子的绒布蒙上了一层灰色
我对着空气漱口
斜眼瞅睨着窗外老榕树新抽的嫩枝
抛洒的百花种子每年都按时报送春的欢喜
我感到自己一如东风般行步如飞
身强体健

微风拍打着窗棂
一道晨光掀起了墙角的阴影
阴森的油漆裂缝攀缘于寂静的墙面
如鬼魅龇着牙向我恣意嘲弄
我愤怒地将水杯砸向墙角
嘶吼着
似受惊的缰马
我掀开被子意欲冲下床去
却冷不丁栽了一个趔趄

儿子的哭声逐渐清晰
我望向侧旁
一向刚毅的他抓着我的右手涕泗满面
我的目光顺着他通红的双眼

扫射我青筋暴露的枯手
山脉般虬曲的筋骨扎满了输液管和针孔
我惊慌地大叫
徒劳地拍打我顽痹的双腿

臼齿
哦不
我忽然想念过世母亲的脐带
那温暖的海绵的种子
佑护着我走过粗粝又壮观的红珊瑚大道
一位骑着白马的勇士
接受徒手捶打恶狼的荣耀
用十倍于搏击大海的意志
命甲板上的水手将我蜕皮的躯体撤掉

哦不
我还要潜入无人的沙漠腹地
看天地一色的神工鬼斧
我要攀爬最高的雪域山峰
亲手抓取谲云不可一世的江海
我要再一次地
怀抱心爱的少女温热的躯体
再一次心跳加速地
在月夜的廊台下深情地诉说情话
我感到我还有一棵树的时间
从种子发芽到参天巨擘

永生永世
眷恋着这片用残酷对抗温暖的大地

哦不　揭开绒布的镜子
我已垂垂暮老
瘫坐在生命的黄昏里
橄榄枝再也不复嫩绿
我捧起儿子枯瘦的脸颊
拭去他深陷眼窝里无谓的泪水
沉默地躺回床榻上

被时光撕裂的墙面
渐渐进入暗角
我看到平静的大海
海鸥随着汽轮远航
穿着樱草黄真丝长裙的
年轻的母亲
站在船头
海风里
她对我甜甜地招手遥望

秋　霜

风吹散了重彩
山峦藏匿于云翳的沁凉之下
彼此留下缠绵的温和
织入断了弦的碎梦与风华

每到寒露
平复的心
就任由想念
说出大胆的欲望
游走火　土　大地之间
焚烧了千万种既定的轨道
将每一个最终点
再现于秋霜

数着日子
盼着天明
四点的星辰
在白露里游藏
就好像
深埋于粗线毛衣里
无法呼吸的愿望

又好似
你笃定地将我凝视
双手环抱着我渴望的
身影的假象

泉

贫瘠的盆地上耸立着巨山般的石塔
粗粝的黄土
噬没了棘树与绿洲
枯离联结着荒莠
风沙掩盖了飞鸟的行踪
蜥蜴
扭头藏匿
逆行的风将时光吹拂至
五千年前的春分
破晓的阳光
照射在使者的额头
他站在山塔的顶端
黝黑的皮肤洋溢出密符的铭文
双手捧掬着
涂抹松香与花露的陶瓶
佩戴花环的白衣少女
虔诚地
将泉水与种子倒入盛器

旭日破云而出
缂织力量的光束

投向使者手中的红色陶瓶
刹那
大地爆发了惊雷般的巨响
山塔下的人们屏气凝神——
浓郁的嫩芽抽出水面
向山塔下无限延伸

每一滴枝叶的团珠皆落地为泉
汩汩流向大地四方
人群欢呼着
在被滋养的土地上
彩虹编织出绚丽的桥梁
人们赤脚踏上彩桥
欢笑着赞颂
征战的男子回到家乡
田野里庄稼生长
天际不再出现冻结的云霜

黄昏降临
使者砸碎了银灰色的玻璃
虔诚地抛向命运莫测的天空
天象师手握罗盘肃立静望

小童嬉戏的花园尽头
一只响尾蛇攀爬上
古树遒曲的枝干

蛇信贪婪地凑向尾尖

熟悉的破碎

苹果腹中的籽实正待芽而出

热　浪

热浪袭来
我像待烤的排骨架在
悬吊的躺椅上
甜椒油橄榄和百里香混搭的
玫瑰色泳衣
陈列在碧水蓝天里曝晒
没有微风
薄荷茶冰镇着微凉

热浪袭来
宿醉还没有褪去
酒精发酵的头颅斜躺在
慵懒的树阴下数椰果
一只两只
金毛猴子熟稔地攀缘而上
锋利的镰刀砍下
青绿坠了一地
爆裂的清浆
将丝丝甜蜜输送至内脏

热浪袭来

太阳像甜橙切瓣挂在
金绿宝石打磨得精致的果盘上
出海的游船
漂浮在浮标被没收的海面
山石
如云的倒影
结伴消失于静止的风的隔间
蚀礁的腥味胁迫着水手
逐渐扭紧了心弦
如若稍显懈惰
船舱便点缀这色彩斑斓的
海鱼烹饪的晚宴

热浪袭来
回归巢穴的海鸟传颂着
只有深林知晓的歌谣
咸腥的腹中
填饱着鱼的鳞鳍
无须祈祷
妇女在后院与牲畜较量尖叫
一条猎食的小蛇被踩碎了
棕榈树没有哭泣
它折腰虔诚地拥抱着
嫩香多汁的柠檬鸡

撒哈拉的黄昏

南半球的沙漠上空
光色从敞亮走向昏黄
金色河流随时间漂走了
禾黍于风中吟唱
沙漠倾听大地的余热
升腾着
为祭祀的舞者披上一层刺金的裟衣
沉眠的砂石
褪去了虚浮的温度
静静地卧于骆驼腹部
脖铃儿从微光
遁入踪影的迷藏

丘山突兀地
交叠于深棕色的图影
太阳炽烈地架在丘涯上
仿佛那就是
终了似的
贝都因人
熄灭了烤馕的炊火
巡列回归

地下洞穴越过远山的沉默

幽蓝的月光从天际洒落
野姜花添撒一丝
惆怅的变化
银色的遐想如
纸翼般悬落在无云的天幕上
映着有限的生命祈望的一丝丝虚无
最后一炬红色的火把
照亮的
也熄灭了

身不由己的人生故事

是夜的天色
如洪水
波澜动魄
灯光的阵痛在道路的蜿蜒中
虚焦朦胧

火车的棱角上逐渐显现
清晰的梦
一个壮举
一张倔强的自画像
在沙砾的摩挲间
变得耷拉蓬松

你放手了最好的自己
兑换一张限量的
烫金名片
许愿喷泉再度开放了
如约的盛夏
你投下的银色纪念币
叩响了我
愿望的锦囊

怀揣着

多少被现实奚落的期待与梦想

你独自走向灿烂的

远方

我静候于池畔的身影

被绿苔嚣张地淹没

噙着泪望看

那男子月牙弯弯般的笑

渐渐走失

在葵花绽放的应许地

不再提及

我爱的姑娘

后会有期

移动窗帘

假装我有一个移动窗帘
悲伤的时候就将帘幕拉上
喧嚣窥探不到我的泪水
让黑夜独自
守卫城堡
当快乐的云雀扑扇翅膀
我双手捧着香根草
在晨曦的明艳中
开怀大笑

永恒之咒

在这看似无常的永恒之咒中
一座桥梁将两片枯涸连接在一起
廊柱上刻满龙蛇、犬狼的形象
令人妄想
眩晕地坠入
螺旋的几何界场

古老的生命在润色的新芽中互相道别
枯萎的肢体坠落下
云层般的共生槲
不断臆造的痉挛与妄想
将新芽亲吻
与埋藏
飞鸽衔走贤者手中的橄榄枝
于殒殁的潭水
绽放出鱼从跃过的星芒

秋的湖面
水草浮现出山影的模样
甜蜜的人间撇却了深沉的吻
船只停航

新佑的生命

被暴风给予了多姿的祝福

诗人的烂漫

诗人的心
是一纸烂漫的小桅船
它缓缓驶入暮霭的古镇
从容地
探索黄昏逐渐
冷却的淡漠
缴械机警
与抗拒的自我
一双明澈的眼期待着
情绪交织着未知的困惑

伺机而动的幽魂暗暗揣度
骨肉模糊的手
狡黠地
将它沉入饱和着狂喜的漩涡
昨日的智识翻滚出气泡剧烈的震颤
他忘我地沉醉
于命运之轮无序的旋转
蜷曲的纸翼振奋地堕入召唤的黑潭

神祇怜悯他无谓的牺牲

给予他赎回
走向自我灭亡的轮转
新生的平行线上
诗人仍旧被致命的激情吸引
再一次堕入他燃烧的自我
浓烈的爱意
卷着呻吟的灵魂
他抛弃了肉身
将神秘的吻
守口如瓶的秘密一寸寸寻探
即使再一次徒劳无获地
如殉道的门徒挥洒自证的
血泪
梧桐与牛陪伴
他孤独的身影
迈入命运齿轮的终端
三更的风问他是否还有遗恨
他摇着头
一颗心消碎在
驶往无处的月台

时代的访者

时间用他的节律拍打
回忆的洞穴蜿蜒起伏的形貌
牛马肆意奔驰的泡沫上空
信天翁栽入尘暴
农人在幽暗中埋头挖掘
古老的枯井奔涌而出清冽的泉
一只身影渐渐走出模糊的
黑白底片
申诉的颗粒啜泣着
掩面于孤独的轮廓

弦弓割裂了时空震颤的焦灼
一匹白色的马的影子
低头于银羽下
亲吻被耽溺
与被惯纵的娇弱
清泉流涌在未被玷污的拥抱间隙
夹杂着昨夜的昏黄
与明日的澄亮
他的身体渐渐堕入了升起的朝阳
于洞口的光束中吹拂

闭上眼睑的中轴线
轮盘
丢失了行囊

椴树秋千
于海水席卷的咸甜中飘荡
一棵槐树种下被仰望的贫瘠与亢奋的
流浪种子
萦绕着昆虫成群匍匐的圣泉
斑驳的铁石层染殷红
时代的访者艰涩地
放逐了大海中一意孤行的帆
喑灭的舵轮降下了支离的桅杆
海湾熄灭了灯塔
凝固的时间
被浪花割裂得错乱

苦涩的醉意堵塞了日夜的轮转
闹钟将沉睡的头颅敲打
野牛迁徙
在睁开眼的清醒里剧烈地震踏——
无从舍弃的渴慕
与无处掩饰的戚伤徘徊于扬尘的暴动
时代的访者缩瑟于风中
愁绪从天幕泻降
晚霞泛滥

大地绵延为整片宁静的湖泊
在寥远的枯井的眸子里
述说秘密的流星
泛着泪花闪过

时光旅行

疾驶在
时光的轨道上
满载生命盛放的轮廓
幽黑的隧道
将年轮的尺印
悉数涂抹——
明朝的桌椅
秦时的画砖
阿基米德的杠杆
阿喀琉斯的战船
物体的残影于漩涡里激散
我试图抓住
那电波般的时光遗骸
然而物像深浅终向虚化
划行的手指
触碰在跌宕的幻雾之山

有时漆黑围剿了光色
有时锋芒
如雾雨洒落
太一发散的光束

从我的双肩倏闪遁逝
气温骤降
维度缓缓收缩
我看到
人类足迹踏上大地前
世界纯真的形貌——
仙后座上奔涌着星光
流溢于地球上漫腾的海洋
我看到飞鹏的翅膀遮蔽了灼热的太阳
一只斑斓的鱼游巡于海底群山之巅

光芒缓缓地
坠亡于葱郁之间
泪水淌入宁寂的大海
烈日将星辰焚燃
我听到白鸽振翅翱翔的声音
遥远的果核大小的终点
滋滋震颤
如暗涌的俯卧火山
灰烬
与漫步的矿石尘埃
对着我眨眼微笑
我躺下身
好似我逐渐销蚀的身躯
攀爬上漆墨的穹庐
如水中游散

时光通言

时间是一枚果壳
爆炸的瞬间
它让人明白了人间
诸多的因果

悲喜的
离合的
凄暖的
痴狂
短暂的一瞬
即将启程的人们踏上数片残章
拼凑到一起
饱览贪婪成性
玲珑与执着
合成了人生诗赞的壮阔

幸运的人在遗失的断章里寻得明珠
将天涯照亮
而不幸的人
执拧地在对方的忍让里酝酿嫉妒
从此

宽敞大道容不下斗艳的双姝

当富饶的玫瑰向蕨草
彰显她带刺的腰身
甜美的夜莺也会害羞地背过脸去
逃离这滑稽的闹剧
将充裕的无知向贫瘠的物质炫耀
是多么博人同情的行径！
在有限时空里所习得的全部
刚愎浅陋
讥弄他人实践理想所踏过的山川磅礴
就好似自艾的杜鹃
不通晓蒲公英放手的豁达
毒辣的蛇蝎
无法洞察天地的悲悯

无限的胚胎脱落成了唯一
下一世
也会走上这一世同一条山茶的途径
同一只零落着荆棘的河
将喧闹的街市覆没了
张灯结彩的霓虹灯闪现出古老的琉璃的色泽
寂静的黄昏笼罩着沙漠
月桂面对空谷唱歌
执行启示录的机器人
在镜中咿咿呀呀

试图理解

人类令人昏眩的爱

与暴怒的憎

本质上有何分别

收音机

断续的和声在二十年前古旧的收音机中穿梭
听
有人在钢丝上舒展地翻筋斗
有人埋入锅碗瓢盆的琐碎中嘶吼垂头
雪花般的磁轨将所有互不干扰的
遗忘打散
再于尘寰相遇
陌生的面孔
气宇轩昂
好似蓝色铁皮盒上贴满的磁片
装腔作势地
在距离间沉默

那一年地震
他手中握着收音机
爬出钢筋水泥瘫痪的废墟
他失去了家
与相依为命的妈妈
被接走
离开熟悉的土地
远亲声泪俱下地将他抱在怀里

夜晚他时常发梦
回到了温馨的小家
妈妈亲切的慈容那么温暖
她的手
还是那么的厚重——
生命有了这份依托
他再也不会在面对世间的恐惧时惧怕

他并不知晓让他惧怕的究竟是什么
如果说恶念是善意的缺失
是对时光之矢的抗拒与敌视
那么首先被无端的命运攫取了妈妈的他
无法平复的怀念
是人子之善
还是伤痕之恶
他时常感到
自己好似被剥离了豌豆的绿荚那般
被时光匆匆遗忘了
周遭的人们开始忙碌
他明白冷漠
绝非目的
而生活
必须向前延续下去

梦境从黎明游走到傍晚
门口的板栗树下

他看到妈妈稍纵即逝的身影
她在微笑
又或许在哭泣
跋山涉水
终于
他回到了重建的家乡
独自站在窗台上
栏杆外触不到的绵延山峰如他无尽的
怀想
无法捻熄的愧疚
废墟中托起他笨重的身子的
枯枝般的手掌
于苦涩的风中折落
他从她血迹斑斑的口袋里翻出了
被压碎的收音机
旋钮卡壳了
承诺似乎失去了意义
他依稀听到一阵悠扬的曲子
是妈妈在呼喊迷失于萧疏荒径的他
于暮色中回头
她的声音好似有一番和煦
又有一番苍凉

水中的奥菲莉亚

他在小径中踽踽而行
是否需要搭载一程
他在墙缘上攀附葳蕤
是否需要托扶一把

横水奔泻银河
繁繁星点
禾黍漫漫
她悄悄走过
夜空下的晦暗
密林里的猫头鹰眼映萤火
蜘蛛丝的密网磋磨着月光

狐猴蓄势待发
稚鹰舔舐羽翼的雄壮
他走访松脊
她足踏荆棘
他杳行峰峦
她驻南之壁
他略过琼渊
她划走溪涧

寅时的月殷殷切切
挣脱了彷徨
亦不带笑靥

牙牙学语的幼莺栖息在树隅
光线袅绕着潮水
推起薄纱般的雾羽
他背对着她的脸
拾起那道捉摸不透的心帘
咫尺间
距离千万光年
他回转身去
坦荡地让她凝视着
他漠然的脸
星灿般的眸子刹那间沉下死水深潭里去
鱼儿深眠了
飞鸟沉默着将喙埋进疲惫的下腹
毫无波澜地
折损离恨
苍郁
倾泻颓败的心篱

他不曾记得
他不曾记得

他不曾想念

他不曾想念

他　从未爱过
从未　爱过
她欠身卷入身后一片沧桑的墨林

残枝撕扯她的颈项
蜂蛋蜇咬她的臂弯
竭尽了的泪水潸潸迟迟地
融入毗连的河水里再也不复还来
她迈开步子
试图抓住澄流里向她倾诉的
缠绵漂摇的水草
和那簇逝者的花团——
水葫芦　紫罗兰　香根草
还有兄长赠予的
馥郁的五月玫瑰

月光般皎洁的丝绸长裙
在水中缓缓撑开
宛如一掌纸莲
将她孱弱的身躯浅浅托起
柔软的双臂垂坠于水面
仿佛一只探究着世界的优伶天鹅
涉世未深
赤诚无惧

她平视天空
启明星迎接着黎明
晨曦却再也无法照亮
她曾炽如朝晖的眼

柳丝断了蜻蜓
如果浮萍会吟诵
“他会否再来，
他会否再来。”
“不，他已然死去
去吧，他永远不会回来
——在你长眠之前。”

思　念

假如明日我们不再相见
春风依旧
轻抚浅草花田
若干年后再相遇
清泉狂石又何能吟诉
无数个启明星拉开帷幕的光阴
与波澜激荡着梦想的流年里
雨水浸透了窗纱的
横亘万水千山的思念

斯芬克斯大道

贝都因人与腓尼基人共同走过
法老行进的斯芬克斯大道
狭长的石灰岩铺就的地砖御道
四千年的风
磨损了它的棱角
拉神威严地注视着
豺狼不曾胆敢抵近一毫
仪仗队与进行曲
使节虔敬地
奉上盛满青金石与雪松的贡藏——
涂抹香膏的琉璃宝盒镶嵌着
七色宝石
闪耀古老星辰散射的光芒
法老的宫殿高耸入云
珐琅彩涂抹的廊柱撰写祖业
至高无上的辉煌

歌颂着太阳的荣光
敌人的船桅被无情地摧毁于海的腑脏
子民散步于苍鹰蓝色羽翼的庇护
然而战事经久

水草中的游蛇最终放弃了
云雀的翱翔

中箭的飞鹰凄婉长鸣
莎草纸状的柱头滚落下积尘
轰隆巨响
寂寥与空旷在高耸的方尖碑间游荡
斯芬克斯讳莫如深
互望着彼此残缺的庄严岁月
将无数秘密
吞吐于静谧的夜与晨光

风沙终日席卷
白鸽盘旋
时间使人淡忘了许多原本重要的事情
琐碎与冗长
却占据了心的凝望
当俄狄浦斯戳瞎了双眼
还有谁来解答
这亘古迷思的诘问

铁器的神话

闷燥的厂棚内
机器裹着燃烟轰隆巨响
迟钝的轴轮重复走向
迷失因果的回廊
铁水被注进模槽的轨道
年迈的火车
遁入了悍戾的黑色
轰然驶向暗域与蛮荒

富豪端庄的大门上
铁铸的犬蔷薇生硬地盘绕
花园的小径吹来
佯装闲适的风
那样温柔地安抚她日渐焦灼的心事——
渴望回到
夜以继日无须停歇的劳顿
回到熔炉与铁锤敲打的淬火池

战斗
为着一个激昂的传说：
无尽循环的时间藏掖着巨大能量
岩石张开翅膀

半透明的羽翼飞向
自由
希望
丰硕的汪洋
无数只铠甲前赴后继
争赶战场
在假想的敌人面前
锤炼
磨砺
渴望被塑造成为
幸运的备选席
因而日复一日地
回炉　熔化
扬弃自我
在模具中虔诚地将真理寻觅

终于
一个又一个度量合格的铁器出厂
它们被冠以英雄的名字
披上红艳的绒袍端坐方体宝座
运向
各自不同
命运的终场
有的成为栅栏
有的成为锤斧
有的点缀于

精美的宴会餐桌
端捧一道
十五步工序出炉的烤鸭
以及从海拔五千米摘下的
闪亮的冰花
思乡的渴慕逐渐于惊愕的神思里
对着夜晚奋力怒吼
天际的沉静显得
愈发凄凉
于是
有的编织了意义的神话
有的在腐朽中
麻醉了丰腴的年华

时间的面纱于风中流动
望着残破的铁壁缄默不语
英雄
从不被敌人的利刃所中伤
却常常在自身的幻影中
逐步颓堕消亡——
救赎
祈祷
神灵
发落
终极
妄想

驼鹿的葬礼

猎犬拉着雪橇驰骋于积雪深厚的冰岩
寒风冻结了险涩的峡湾
梦境里春花枯荣
一只睡莲穿过
海浪般浮现的云杉
槭树结满了蓝色浆果的意象
月桂色的天空里
雪
像樱草一般散落于风中

山陵交叠的尽头
幽光拼凑出端立的驼鹿的镜像
融雪像彩宝
悬挂于少女晶莹的睫毛
她蹦跳着奔向披着霜雪的圣鹿——
仿佛大地
一个微缩的倒影
在梦境
在诗意的岩穴
冰蓝的光束
将驼鹿柔亮的皮毛

照射如莺歌一般高亢

猎人扛起长枪
熟稔地扣下板机
子弹打破了雪原的平和
一声嘶吼
刺响了风的飒瑟
鲜血摊洒在皓白的荒芜上
生命的经纬线从搏击声中缓缓散场

湍急的哀鸣共振着起伏的山色
滚烫的血沫子肆溅在
少女冻僵的脸
她伫立于时光漏斗的空白间隙
无邪的风
从远古吹来
猎人蓄势以待
哨笛号召着
男子们蜂拥而上
将驼鹿的躯体
捆扎于雪橇银色的钢刃

山麓背面的深蓝色显现出
人间炊烟
徐徐接连着冷酷的天的意志
一颗通透的晶石砸下

顺从命运的鹿角
装饰着木屋的门廊
慈祥的母亲将盛宴备好了

吻

无数个炽热的吻
一道道铭痕　烙在
你的双眼
红润的唇
你颤抖的双手
与春丝般的头发——
我爱你
无关乎种族　年纪
无关乎权利　性别
我爱你
如夏季的枝鸟
追随秋叶的玄黄
我爱你
在一个黄昏骤雨前的午后
镜中那一抹自持又忧伤的仪容——
莹亮的双眼
于花月间绽放
在缕缕香炉的青烟里
一颗明净的心
焚燃尘土与渺茫

问世间

心墙上泼溅了晦涩的腻子
你我纠缠舛误的时空
埋殁于明窗
被飞絮堵塞
独享背离的片刻
乔装深沉
疲乏地逃逸着
相爱的人厮守在被注销的寓所
拉下隔绝
嘈杂世界的双帘
一生的线段
停息两次——

当刀尖挟持皮囊的那一霎
空虚的颓垣
轰然倾塌
怯弱袭遍周身——

静寂
如一柱焚烟承接传驿
我遥见着你的背影

缕缕青烟里
再一次扬长而去
再一次地
从纵跃的篝火中抽离

火光照映着新奇的欲望——
唯有沉睡的梦才可以
任凭脆弱
卸下伪装
再看我一次
再呼唤我
吻我被热切啃噬
而黯淡的泪水
吻我因犹疑困苦而冰冷的
唇
再一次用你
颤抖的指尖环绕我
日渐忘却
你的苍白的脸

理智迈入了沉默的囚笼
无可奴役的万般情绪
依旧惦念着世间
多少喜悦
与书写遗憾的困厄
荒漠上萌发一株红艳的浆木——

盛放于昨日
自身凋零的花
柔软的躯壳倒下
倔强
于残缺中消长
人世间
倚盼拂晓的恋人
在黑暗中各怀心迹
夜晚总是悄寂
而漫长

午　夜

形式与逻辑错位
时钟的脸像一只黑豹
将情绪的触须
试探在华年的边界
黑白大道
罪与美善的琴弦于午夜奏响
一台求爱的老爷车左拐
缓缓驶入
负伤的墙垣

地道是那么昏暗
流浪汉的泪水
透湿了低矮的灯的昏黄
游魅般地闪躲着
被抹刀抚平了升沉的背影
迷失的人
逾越了斑颓的泥墙
归回生命原初的
痛创

一粒花的种子

在狂荡的夜间发芽
褐色的花茎喷涌出一朵
乌黑的花
遮挡了你我
潜藏于深瞳幽亮的光华
世界寂静得像
一艘穿梭在
海夜浪潮的银帆
时间的肉体一丝不挂

于东风中环绕的香吻
埋入记忆的雏菊与百合花交织的
枯幻
常春藤枝蔓点燃了
鼠尾草冰蓝色的烟袋
袅袅的山峦
倒映出
深秋的枫叶飘散于
熹微的慕恋
你踏上用记忆点染的桥廊：
淙淙流水载着荷花
阖上了河面
月光粼粼的眸子
将一朵朵远去的花信
浮想
抑或释忘

物理的诗

当宇宙的果核停止膨胀聚变
冷却收缩间
维度反向坍塌
物质在真空中形如蒸汽
飘渺虚化

星辰阖眸暗许了
白矮星　逃逸光年
迁移的家眷收拾好行囊
走向集结
远渡的广场
韶华青年
决意在家园驻守
迎接着
宇宙蔚然的和音里
了却繁芜的幽藏

天籁铮鸣
飞纵的陨石碎片
划破了星际的夜帆
在超新星灼热的辐射线间

逡巡回荡
蓝与红的幻化里
赤诚的向导
爬过延展蜿蜒的洞穴
虔敬地
朝平行宇宙的星河祈祷
行缓的低温腐蚀着
梦吟的羁旅诗人
单薄的行囊
一首歌谣
横渡漆墨的真空之浪

歌声潺潺
迁徙的行列潸然回首：
乾坤挪移的桑田
一帧帧缓逝的背影
于阡陌间隐现
泪水模糊了色调的颗粒
翻卷的灰烬
与雾海画轴之间——
一段纵横了时空的诗律
轻盈地升腾
如灯塔般闪耀长明在
沉寂的夜空里

小径之歌

有时　我感到年迈
唯有亚特兰蒂斯
冰封的大海上
浮现着冻藏时光的冰原
能将我的苍白
再次映现

有时　我感到崎岖的稚拙
仿佛一只迷失
森林的鹿
等待寝息于柏树
枝梢的蜂鸟
起身
为我驱赶茫浊的晨雾

掐指数归期
四顾探寻着
回家的青草路
在虚掩着凋零枝叶
与横亘杂木的小径上
遇见同样

迷失归途的你

异乡人
让我，指引你
带你
从她的梦中走过
看那喷涌着
永生之泉的芬芳花园
匍匐着野兽
与盛放草甸的禁果
细细聆听
远至天幕的海角脉动着
绽放了
微笑的面庞与衬淡了
眼瞳的星火
那是故乡的启迪
或欢喜或忧伤地对你诉唱
生命的无限
与彷徨

寻

消失
枯竭
被湮没
与湮没了
尘埃附着泥墙的
花朵
红艳的蕊
嚣张滋长了獠牙
冷峻的迷宫内
月光遮蔽了彼此的面庞
熄灭了
熟悉的烛火

被蒙蔽的双眼
怒吼着继而嘹亮
爱覆灭于
再生的循环
填补一个再现视界
疑问的在场

离场
再现的玻璃花瓶勾勒着

分裂中的独立
镜像
替身觉醒
替身消亡
他迎着月光的节拍
模仿着蓝本歌唱：

脚下玫瑰花的鲜血肆意勾勒
芦苇丛
被蛙鸣拨散了的想象
任凭潮汐
崇拜着欲望
红色的火焰盛放于嶙石
一滴载着鹅毛的花蕊
飘下了山峰
飞向视界横亘着峡谷的尽头
那儿战争
瘟疫
猜疑滋养了黑夜的漫长
将她心的颜色
黯淡为无尽的秋霜——
苍穹之下
羸弱无处可藏
不屈服的毅念推举着
她折骨的双腿
战栗地

走入黑烟的浓雾
她漠然地望着自己的背影
拄着风化的野兔尸体
行进山的环路
夜晚
她闭上眼睛
看到最为幽深的洞穴里描绘着
牦牛与鹰
巡捕猎物的图腾

遥不可及的山巅蕴藏着
一个无人可证的
被否定的
真实
那里也许没有依恋
没有爱的熟知
没有风雨的实体
记忆也被即刻抹去
灵魂徘徊着
期许的原宥机械地载入
落空的答案
妄念如晨曦的雾雨一般消散了
她抬起垂丧的脸
坚定地爬起身
向荒芜
与虚空中再次走去

巡山之王

一颗心脏在石崖里搏击
太阳的深瞳隐匿于空洞的岩穴
翩帆行走
倒挂的蝙蝠窃窃私语
是谁
伏倒在
这群山之下
是谁
面对佞邪之势
宁侮不从

爆裂的筋骨
被豺狼叼食又径自生长
苍白的岁月涤染着双鬓
谁人不识晴天九重
斗极天穹
明晦之间
驾鸿雁而腾日月的巡山之王

金光跃出祥云
一双苍郁又明澈的眼睛

照亮千帆落归的海港；
重影的堆叠
有的人在挫折中脆弱，
脆弱
忧郁而仓皇；
有的人却逾挫弥坚
执天不胜吾辈之才的倔强

呐喊
于群山之巅——
昆仑之鹏展翅嚎鸣
东海之蛟激洪四方
奔涌的洪流漫漶重山峡谷
八月忽降大雪
肆掠平原
巡山之王剑指苍天
诘问不公的判词
何能刁腐自妄
判官跷着腿在云层间端看
晴日高悬
面对苍生沉默不言
曝干了的殷雪等待着
吸卷流洪的茫茫大地又
生机一片

无声的巨斧开山拓石

巨雷从四方向他滚滚袭来
他翻着筋斗跳过田圃
跳过山庄
却始终
跳不出遮天蔽日的如来巨掌

垂首站在原地
巡山之王就这样
湮没了形迹
一只露出骨髓的手臂
风暴中长满了荆棘
供食腐动物于夜间撕飨
盈虚消长
巡山之王的呐喊在山谷中回荡
万物埋藏着脸
大地
沉默如霜

夜　雨

夜的呢喃
骄纵的霜雪推涌着
嬉闹漫天
晚霞翩跹于天空的转角
拨弄藏经阁上
玉瓦琉檐的金铎

鸢尾在惺忪的花圃里垂眠
城垣之外
沼泽的绚烂里
禅定的墨石
于榕树与水的摩挲间
低语轻诉——

悠扬的诗句交织着夜的罗绮
慵懒地仰卧
于星星铺就的贵妃椅上
吟唱夜曲
归雁谱写着曼妙的呢喃
在捕风人浪漫的心隅长栖

空气放慢了步履
樱花飞舞着
降落大地
好似弦扫徵羽
于残垣搁浅的时光缝隙
漆黑的流水
随着悠扬的歌声轻轻唱叹：
今夜
那梵树银花
将明日的回忆
照亮得
火彩玲珑

一个秘密

跌入镜面长廊的漩涡
水泥墙底
被工匠用石英硼砂调和的釉料涂抹
焦灼的空气锻淬出
冰裂的水纹与
玉的光润
菖兰簇拥于鸢尾与忍冬科的游戏
花瓣的红晕悬挂在光阴尽头
争吵
猜忌
四季盘旋着业已遗失的与
珍惜
游戏与枪支
规训与逃逸
一只轮回的小径探入
蜿蜒的蛇的体腹
青草的氛围色映衬着悬疑的故事
落下了帷幕
叙事语言最终融会为
一条和缓的丝线的平移：
交叠的道路分岔

又于
分岔的小径重逢
密布风云的海洋上空
一个秘密
独自奔赴火场
熊熊燃烧的火堆里
垂钓的渔翁兀自啜泣
涓涓泪水
汇聚成夏季鱼儿嬉戏的水塘
有时飘载着落叶
有时芳香

吟游诗人

河藻
雨暮
秋季荷塘的金黄
诗人的意象
在水的恣意中跌宕
他们有的行至沙漠，
有的
遍迹草莽
在最极致的荒芜中
跟随星星
去流浪

谷涧
朝露
溪水蝉鸣的苔原
山林水泽之间
嬉戏的透亮精灵是
诗人们
共同的祖先
他们吟咏远古的爱情
叹惜

无情的时间
春耕的时候
他们将长笛吹奏
拨弄手鼓，
穿梭于古老的青田

澄澈的影子拨开了
世间第一缕晨曦
诚挚的心
今日就要踏上
如织的
歌旅
诗人陶醉地
将美人吟唱于
诗谣中
她的肌肤如二月霜雪
双目炯亮
悲悯的微笑
涤荡了荆棘的血泪，融合了
鸿沟的桥梁
她用包容的心倾听着
宇宙脉脉的诉唱，
温柔的手
抚平了被岁月啮噬的迷惘

黄土大地上连绵的山脉

被燥烈的风吹拂得一片彤红
把诗人的爱
烤灼得热烈炙烫
他衣衫褴褛
坚定地迎着风
朝东方的绿意走去

他拨开水杉与灌木的重影
孔雀绿
蔚蓝与铬黄挑织的屏风：
开满豚草与苜蓿花的篱园傍水而立
一只通体纯白的仙鹿回首
望向丛林空地
水泽仙女衣袂飘然
俯在透明的莲花船中腾入云彩

怀揣着悸动的心
诗人将浆果抖落了一地
微颤的手推开洁净的大门
幽暗的起居室内
圣光透过花窗
温柔地抚照着美人
安详的脸
她身着朴素的白衫静静地仰躺
纤瘦的脸颊上
蓝色蝴蝶

衔来花蜜装点她白皙的容颜
呼吸是静止的流亡
她的手腕
为何如此冰凉！

诗人流着泪水跪倒在她的身旁
这忧伤的栖居，
告诫着
不属于人间的美丽
远古的诗赞
完美无瑕地留守于这片水泽
却遗留我
在你长辞的脉搏中
被迫将怀念断忘

远走荒凉的未垦之地
他的泪水淌入池塘
汇入了河溪
奔涌向无尽的湖海的幻影里
青空
雾雨
诗人是潺潺流水的孩子
一只被遗落于仙境
湛蓝身骨的
透明的鱼
永远不知疲倦地诘问着

断了线的

理想的意义

奔走于遥远

深邃

蓝色的梦里

鱼　歌

落灰的画布斜立于
纷杂的画室中央
几颗宝石般润泽的紫葡萄
衬托了山莓
日渐一日的枯萎
画布的层底上
饱和的青靛颜料恣意瘫睡着
一抹灰烟的笔痕
与横绵的山色遥遥相望

山麓上
长河光泽的一汪钟乳石洞
清冽的泉水妄为奔涌
三角形
与圆形的草绿朱砂点缀两旁
在开阔的碧蓝远景中
一只飞翔的鱼
在欢唱
橘红色的躯干辉映着
水花也变得金黄
橡树树立着崇高与威望

甜樱草将矢车菊渲染得温情热肠
花瓣下黝黑的沃土陶醉地
吸吮着泉水的滋养
听啊
奏鸣曲中一片橙粉色的柔光——

风从南山来
请佑您的父兄祥泰
风从菖兰丛中来
请佑您的母亲安康
风从甘泉徐来
请佑您的青春常在
而久埋于我心中的热情
如何不落纤尘地
越过您乌黑的长发
抹过您高贵的双眸
即刻飞奔到您的面前

蟋蟀耻笑我的愁肠
荡漾的池水
倒映着夹竹桃背过脸去的羞赧
飞鱼跃出了苎麻画布
追寻嶙峋波光里
游鹰的幻影
而我
再也无法扼制

这颤抖的双手
完成画作——
星夜啊
人们说，那不能夺口而出的
就是爱情

雨中的铜像

斜切的石灰岩底座上
铮鸣的铁马托着挥举长矛的铜像
冷雨犀利
刻蚀着英雄
躯干上一道道的伤

黑色的乌鸦
你不要再将我的牺牲吟唱
负伤的士兵正在战壕里
急切地等待着　我
胜利的捷报——
我的背上
肩负着行囊
与众望
冲入敌军的战火
负隅顽抗

在黎明的前夕
敌人的火炬点燃了
村口的林场
仇恨的火光扫射我的家乡——

撕裂了果木的恬和
与墓园的庄重
灰烟中
美丽的姑娘递给我
温烫的麸饼和
亲手为我赶制的戎装
我深深地将她亲吻
吻她
那幽光中眼眸的倔强
哦！
这凝练的忧伤
不多费一字矫饰的星芒
我转身启程
没入肃穆的行队
众志成城地奔赴战场

枪林弹雨与冷酷的灰烬里
敌人的埋伏那样幽蔽
我冲出战壕
匍匐于草垛与地形的遮挡
雨点
如熔炼的铁水抽打我身的阵痛
被流弹击穿的左臂
颤抖着
支撑起淌血的双腿
蹒跚地行走于

泥地的阵亡
当霰弹枪持续发落的声音
抛射了飞鸽的坠堕
我站起身
企图将
机枪扣响
忽然一张泥泞的脸
狡诈地从浓烟中闪现
将刺枪
奋力穿入我搁浅的
心脏

猩红浸染了纯白的手帕
身后的砾石
即刻渲染了
血的图腾——
阳光拨开厚重的云雾
仿佛蔚蓝河畔
蜜月中的行船烟云蹚过——
最后的呼吸是多么迷人又苦涩
噢
这抵不到的海港
噢
姑娘
请将我无尽的吻
遗忘

园中蜻蜓

几何云纹的窗棂
镶着漫不经心的霜花
雨花石铺地上
淡彩的仙鹤伸展着翅膀于一片霜雪中滑翔
玫瑰茶的香气在远方
李树园的氛围里
浅浅发酵
隔着有凤来仪的锦绣画屏
老人家在香炉前念着
一段悠长的
徐缓的经

夏日炎炎的时候
小孩子们经常抱怨夏季太过冗长
像村寨里
办喜事的时候酒桌一般的
绵延不尽
而如今
白雪皑皑地静默了
又忽然想念起
院子里面向墙角盛开的

豆荚色绣球的香气
灰霉点点的泥墙
即刻被施了粉黛一般
蜀葵花赶上了芍药的盛放
因而笔直地
兀自开谢
却很少有人理睬它
总角晏晏的年纪
倔强地相信
只要摘下了明艳的花朵扣在发辫上
酒窝里的笑意就会永远留在稚嫩的脸上
但凡有一丝有失公允的贬损
都会引发
一场公堂号哭的大案——

寒露那天
小囡囡在葡萄棚下啜泣
晚风微扬
架杆上的铁锈痴缠在凉廊温热的水泥味里
桂花散落一地
明灿灿地
天色就要晦暗了
追跑的时候
她落下了最心爱的小手帕
嘟着嘴
说

以后再也不玩捉迷藏了
于是每天提早回到家
趴在窗台上看窗外黛瓦泥墙的院子
说不上
她是在等风
送还那只绣着银线蜻蜓的手帕
还是等着
路过蜻蜓穿梭在
四季园景的假山孔石里

寒流里扑扇着薄翼的蜻蜓需要
一些无伤大雅的取暖吧

她望着几何云纹的窗棂上镶着的
漫不经心的霜花
细细思忖着——
秋冬
很快就要过去了

执

执着着一个悲戚的愿望：
被捕获的幼兽
放归狂野的草场
唯美与向善之间的桥梁
德善机制飞溅着浪花
有人舞蹈着
有人感伤
索取与施舍的彩色织线
梭织成
一个椭圆槟榔

太阳亲吻着人间
将荒野布施为旱土与大漠
殷勤的流水则泛滥梯田
农人哀叹着收成
凉亭上
惰性粒子漫步着
他们透明的面孔穿墙而过
自由的舞者
将她午夜的恋人遗忘了
小船载着她

独自越过地道幽暗的长廊
看涓涓河水平静地覆没——
时间之梭依次划过了放纵
与雾雨连绵的执着

纸　船

年轻的情侣
巡游在甜蜜的丁香里呼吸
庄稼地传来老妪喋喋不休的呵斥
爬满皱纹的蜜蜂歇息
诗人撑着桨棹阔别喧嚣
向一片宁静的青霭里寻觅
培恩灰逍遥地扩散
他试图追寻
一片光明落拓的苇丛

梦中的芦苇丛
黑色的泥土终日枯黄了草木
怠倦的牛群
与奔赴牺牲的羔羊
走过鹰隼翻覆了的柏树林
平铺的道路指向无垠的远方
峡谷延续着牧羊人垂首的沉默
巉岩激起千浪
心中的蒲苇
让他决意依旧迎头前往
摇手阔别归乡的牧人

诗人架着扁舟继续风雨兼程

翡翠绿与明黄被普蓝色的油笔
混合得葱郁错落
窈窕的铅白在云层间穿梭
遥远的芦苇哼鸣着年岁沉淀的曲调
那是子规渲染的祭红
在重山里复现悲歌

诗人的衣衫
被激荡的河水沾染得
好似墨苔上舞动着飞萤
水天之间最后的一抹明炽
映耀在嶙峋的芦苇
金辉的纤影上
他用湿衫拭落了
泪水的灼痕
朦胧间一折霜白的纸船随风游走
顺着镜面的河流流向
那片金黄
他朝思暮想
月光下
苇草银色的臂枝
枯折在凛冽的秋风中
摇曳呼唤

咒锁的钥匙

循进的机制充盈着话语的机理
矫健的肌肉塑造
谵妄的
淫怒
狂喜与困厄挑衅着机警
较量间
月牙将夜空撕出一道
狭长的跑道
星星与假想的对手在跑道上赛跑
虚掩的幕布之后
排练的歌手与话剧演员
面对缺席的观众沉浸于狂欢的舞蹈

台词用温柔的意象
写就一汪深情的恋曲
于爱的呼唤
恋人激吻的肢体
从物质的深部
剖析一桩桩敷衍的假意
嬉笑怒骂
千回百转

是表演者反抗脚本的清醒还是盲从的
堕落
孱弱的权利向稚拙的灵魂咆哮
一只木偶
由舞台的吊杆降落
漠然转身走向
背后荆棘暗生的灌木丛林

消失的交叉路口堆砌着
狰狞的头骨
泥土的咒锁下
盘旋的阶梯井底部赫然展现
埋藏于深潭的
鎏金钥匙
众人欣喜地拨开周身
岁月的荒草
研究室内
几何多边形交叠重影的代码
转印于电子屏中解译：
一只古老的榕树
伸出欲望的手指
在夕阳干涸的地平线上喘息

北望昆仑

金樽玉箸缱西风
八骏玄璧参宿同
杳杳东土今复在
期期昆仑绣颊朦

春月游恩施大峡谷

崖壑荆茅盛苍天
霜瓦敝亩慰愁怜
千载智识拔地起
朝风晓岸沐今春

大理庭院观日月黄昏

苔痕墀影醉流水
圃云望月逸眠风
舟蓑鱼篓归坞近
啼雁皓日落长空

端午思屈原

汨罗没卷辞人赋
楚钟鸣宇沙沉戟
雨落枇杷去无意
美人何诉花帐靡

洱海小憩一记

蜉蝣沧海立两窗
须臾滂沱物我茫
钲鼓沙覆千秋帐
蓬蒿仰俯戏蝶庄

今游古都

皴石倚亭佐屠苏
水袖芊歌换桃符
二十四桥笙韵在
烟波青幛覆古都

孟夏邂江南

小池清徐复涟漪
蜓翼盈盈恋何许
碧羞纱笼密云处
一剪晨叶降舟楫

竹舍有女

松灯黄简下
钗凤侧青鬟
寐寤驭马声
烟篁没玉苔

秋月烽火台怀古

锦衣宫苑炬付土
绕梁声律今不复
白骨勇士莫从辨
墩台孟姜万里哭

题白瓷长颈瓶

闲暇怅想有时
平生最好发呆
借问鲤鱼何去
有道无名将来

正月登九宫山

枫翼霜林月举松
青山不许径自空
摇橹声过湖如镜
烟雨雪醉箫暮翁

仲夏登木兰山

青青林中夏
皎皎云蕊枝
幽冥悬泉饮
蝶径绕松风

图书在版编目（CIP）数据

晨曦的诗原 / 辛梧著. -- 武汉 ：长江文艺出版社，2019.11

ISBN 978-7-5354-9445-0

Ⅰ. ①晨… Ⅱ. ①辛…Ⅲ. ①诗集—中国—当代 Ⅳ. ①I227

中国版本图书馆 CIP 数据核字(2019)第 051483 号

责任编辑：胡　璇　王成晨　　　责任校对：毛　娟

封面设计：祁泽娟　　　责任印制：邱　莉　王光兴

出版：长江出版传媒　长江文艺出版社

地址：武汉市雄楚大街 268 号　　　邮编：430070

发行：长江文艺出版社

http://www.cjlap.com

印刷：武汉市首壹印务有限公司

开本：880 毫米×1230 毫米　1/32　印张：7.625　插页：2 页

版次：2019 年 11 月第 1 版　　2019 年 11 月第 1 次印刷

行数：5616 行

定价：39.00 元